Lale Akgün

Kebabweihnacht

aufbau

LALE AKGÜN

KEBAB WEIHNACHT

aufbau

FSC
www.fsc.org
MIX
Papier aus verantwortungsvollen Quellen
FSC® C083411

ISBN 978-3-351-03370-5 | Aufbau ist eine Marke der Aufbau Verlag GmbH & Co. KG | 1. Auflage 2011 | © Aufbau Verlag GmbH & Co. KG, Berlin 2011 | Einbandgestaltung hißmann, heilmann, Hamburg | unter Verwendung einer Illustration von © Tracil Andrews/iStockphoto | Typografie Madeleine Speidel, Stuttgart | Gesetzt aus der Garamond und der Calvino von Greiner & Reichel, Köln | Druck und Bindung CPI – Clausen & Bosse, Leck | Printed in Germany | www.aufbau-verlag.de

AUGUST

AN EINEM HEISSEN Augusttag, mitten in einer großen deutschen Stadt, gab es die ersten Anzeichen dafür, dass sich dieses Jahr ein Weihnachtswunder ereignen würde. Nicht so ein Wunder wie die Verwandlung von Wasser in Wein. Vielmehr die Verwandlung eines verhärteten Herzens in ein akzeptierendes und annehmendes – was vielleicht ein noch viel größeres Wunder war. Wenn man außerdem bedenkt, dass es ein muslimisches Weihnachtswunder war, dann gibt es keinen Zweifel daran, dass Weihnachten etwas Besonderes ist. Natürlich bietet sich Weihnachten geradezu an für Wunder, auch ohne Weihnachtsmann und Weihnachtsmarkt. Aber was soll man sagen, wenn dann just diese Umstände geradewegs zum Wunder führen? Zum muslimischen Weihnachtswunder?

Ich will Ihnen besagte Geschichte erzählen, und dann sollen Sie selber urteilen, ob das Wunder durch Weihnachten bewirkt wurde oder ob das Wunder zu dem geführt hat, was wir als Weihnachten so schätzen und lieben. Zugegeben: Nicht alle lieben Weihnachten, aber einige schon. Und zu diesen Leuten, die alles, was Weihnachten ausmacht, so schätzen und lieben, gehört Umut, unser kleiner Held.

Aber alles der Reihe nach. Richten wir unseren Blick auf eine deutsche Großstadt an einem heißen Augusttag. An einem solchen treffen wir unseren Weihnachtshelden Umut an seinem Ausbildungsplatz in einem namhaften Kaufhaus an.

Umut ist siebzehn Jahre alt, ein hübscher und sanfter Junge, dessen Eltern aus der Türkei stammen, aus der Osttürkei, um genau zu sein, aus Malatya, um ganz genau zu sein.

Gerade ist der Ausbildungsleiter dabei, die Nachwuchskräfte auf Weihnachten und das Weihnachtsgeschäft einzustimmen. Umut ist sehr froh, diesen Ausbildungsplatz gefunden zu haben, aber das ist nicht der einzige Grund, weswegen er dem Ausbildungsleiter sehr gespannt, ja geradezu enthusiastisch zuhört:

»Wir werden euch Auszubildenden nichts zumuten, was ihr nicht bewältigen könnt«, sagte der Ausbildungsleiter, »aber ihr werdet sehen, dass das Weihnachtsgeschäft für uns von größter Wichtigkeit ist, was den Umsatz betrifft, ja ich möchte klipp und klar feststellen, der Dezember ist unser umsatzstärkster Monat, so dass ihr alle im Dezember wahrscheinlich Überstunden machen müsst. Einige werden auch an Heiligabend arbeiten müssen, wenn es sich nicht anders einrichten lässt.«

»Dürfen alle arbeiten?« Umuts Frage löste bei den anwesenden Azubis ein Gelächter aus.

»Arbeiten dürft ihr immer«, lachte der Ausbildungsleiter, »wir wollten euch entgegenkommen und euch für Heiligabend möglichst von der Arbeit freistellen. Aber wenn Sie unbedingt arbeiten wollen!«

Er lächelte freundlich, aber Umut erwiderte dieses Lächeln nicht. Zum einen wäre es nicht besonders förderlich, wenn die anderen jetzt von ihm denken würden, er sei ein Streber, der dem Chef Honig um den Bart schmieren wolle. Aber das war das kleinere Übel. Wenn es zum anderen jetzt hieß, sie bräuchten Heiligabend nicht zu erscheinen … er spürte, wie eine kleine Schreckwelle seinen Körper durchfuhr.

»Ich würde gerne arbeiten, Heiligabend«, stotterte er, »mir macht das nichts aus, ich bin ja Türke, und wir feiern gar kein Weihnachten, es ist für uns ein ganz normaler Tag, deswegen macht es mir nichts aus, Heiligabend zu arbeiten, dann können die anderen frei haben!«

Die Azubis schauten Umut an. Diese Mitteilung schien allen zu gefallen.

»Wenn Sie meinen«, sagte der Chef, »dann teilen wir Sie jetzt schon für den Dienst an Heiligabend ein.«

»Sehr gerne!«

In den Augen der anderen war Umut ein selbstloser Zeitgenosse. Selbstlos war Umut schon, aber nur ein bisschen, denn in Wahrheit war Umut ein Weihnachtsjunkie. Er liebte Weihnachten über alles, ja, er war Weihnachten mit Haut und Haaren verfallen, aber er konnte es nicht zugeben.

Jetzt werden Sie bestimmt denken, das ist doch nichts Besonderes, sehr viele Menschen sind Weihnachten mit Haut und Haaren verfallen, die das nicht zugeben können. Natürlich ist mir bekannt, dass von denen, die über die Weihnachtszeit jammern und klagen, sich mindestens siebzig Prozent verstellen. Sie lieben Weihnachten, und nur weil es Mode ist, über die Weihnachtszeit zu jammern, tun sie es. Sie schauen Ihnen in die Augen und lügen, wenn sie erzählen, dass ihnen »der ganze Rummel« – wie sie sagen – »zu viel ist«. In Wirklichkeit lieben sie den Rummel und das Gedränge in den Geschäften, die kitschige Weihnachtsdekoration und die Weihnachtsmärkte und die Weihnachtsfeiern. Sie können es nicht zugeben, weil es nicht trendy ist, das alles schön zu finden. Ja, wenn Umut auch so einer wäre, dann hätten Sie recht, dann bräuchte diese Geschichte nicht erzählt zu werden.

Es war aber anders. Es war so, dass Umut ein Moslem war und aus einer konservativen türkischen Familie stammte und dass sein Vater es gar nicht gerne sah, wenn man Weihnachten gut fand. Und es hätte ihm noch viel weniger gefallen, zu hören, dass sein eigener Sohn ein Weihnachtsfreak war. Das heißt: Umut musste nicht sich selbst belügen wie die meisten Leute, die über Weihnachten stöhnten, sondern »nur« seine Familie, insbesondere seinen Vater.

Vor sich selber hatte Umut keine Geheimnisse, er wusste: Er liebte Weihnachten.

»Wie gesagt, da wir kein Weihnachten feiern, können Sie mich über die Adventszeit sehr gerne länger einplanen!«

»Junger Mann, dann setze ich Sie doch gleich in der Weihnachtsabteilung ein!«

Der Ausbildungsleiter war wahrscheinlich der Meinung, einen Witz gemacht zu haben, doch abermals sagte Umut: »Sehr gerne!«

Als Umut an jenem Sommerabend nach Hause fuhr, spürte er eine Vorfreude im Bauch, als hätte die geliebte Adventszeit schon eingesetzt.

KÖNNTE MAN SAGEN, die Rohowskys seien schuld daran, dass Weihnachten Umut so viel Freude bereitete?

Umut hatte sie kennengelernt, als er fünf war. In dem Jahr war viel passiert. Er war in den Kindergarten gekommen, und sie waren umgezogen, in dasselbe Haus und auf dieselbe Etage, wo auch die Rohowskys wohnten. Damals, vor zwölf Jahren, waren die Rohowskys Anfang siebzig gewesen, aber noch so rüstig, dass sie sich gefreut hatten, kleine Kinder in der nächsten Nachbarschaft zu haben.

Und dann war die Adventszeit gekommen. Damals wusste Umut nichts von einer Adventszeit, es war einfach nur Winter und kalt gewesen.

Aber diese dunkle Jahreszeit erhellte sich auf einmal, als es Dezember wurde, im Kindergarten und durch Maria Rohowsky. Eines Morgens hatte einfach eine Tüte mit Süßigkeiten vor der Tür gelegen. »Das müssen die Nachbarn gewesen sein«, hörte er seine Mutter sagen, »wahrscheinlich wollen sie damit andeuten, dass wir uns noch nicht bei ihnen vorgestellt haben. Aber sie hätten auch mal ruhig herzlich willkommen sagen können.«

»Ist doch eine nette Geste«, erwiderte der Vater, »wir gehen heute Abend mal rüber und bedanken uns.«

Genauso war es dann gekommen. Sie hatten alle zusammen die Rohowskys besucht und sich vorgestellt.

»Noch mal vielen Dank für die Plätzchen, die Sie uns vor die Tür gelegt haben«, sagte der Vater.

»Aber das war ich doch gar nicht, das war der Nikolaus.« Frau Rohowsky schmunzelte. Dann wandte sie sich an Umut: »Ist der Nikolaus gekommen?«

»Welcher Nikolaus?«

»Was, du kennst den heiligen Nikolaus nicht? Wo er doch ein Landsmann von dir ist?«

Sein Vater – damals war Arif noch viel gelassener gewesen – kam zu Hilfe: »Ach, das war der Nikolaus gewesen! Und ich dachte schon, Sie hätten die Plätzchen vor die Tür gelegt!«

»Aber nein, wie komme ich dazu? Der Nikolaus kommt zu allen Kindern, die brav gewesen sind. Und anscheinend ist Ihr Sohn sehr brav gewesen, sonst wäre der heilige Nikolaus nicht zu ihm gekommen!«

Die Erwachsenen lachten. »Ja, Umut ist ein lieber Junge«, sagte seine Mutter.

»Und zu Umut kommt der Nikolaus in der Tat besonders gerne, wo er doch aus Anatolien stammt so wie wir«, ergänzte sein Vater. »Zu wem sollte der Nikolaus denn kommen, wenn nicht zu Umut, wo er doch so ein liebes Kerlchen ist und ein Landsmann dazu!«

Der Nikolaus! Umut war ganz fasziniert von dem Gedanken, dass der Nikolaus, der auch im Kindergarten gewesen war, an ihn gedacht und ihn zu Hause persönlich aufgesucht hatte. Aber wenn das stimmte, was sein Vater sagte – und sein Vater wusste alles –, dann war es ja klar, dass er bevorzugt zu ihm kam. Das musste er am nächsten Tag im Kindergarten erzählen.

Doch es stellte sich heraus, dass der Nikolaus bei fast allen Kindern gewesen war, auch bei denen, die nicht aus Anatolien stammten. Das tat Umuts Freude keinen Abbruch. Und auch nicht die Gehässigkeit seiner großen Schwester Ayla, die sich vor ihm aufbaute und behauptete, es gäbe den Nikolaus gar nicht und es wäre doch die Rohowsky gewesen, die ihm die Plätzchen vor die Tür gelegt habe.

Heulend war er zu seinem Papa gelaufen und hatte ihn gefragt, was denn nun wahr und richtig sei. Sein Papa hatte ihn beruhigt und mit Ayla geschimpft. »Wenn du so mit deinem Bruder redest, darfst du dich nicht wundern, wenn der Nikolaus nicht zu dir kommt«, hatte er gesagt.

Ein Jahr später hatte auch die Mutter daran gedacht, Umut eine Überraschung zu bereiten: Morgens, als er die Tür öffnete, konnte er jubeln, dass der Nikolaus schon wieder an ihn gedacht hatte; und abends lag schon wieder ein Geschenk vor der Tür.

»Mama, was meinst du, hat sich der Nikolaus geirrt, oder ist er zweimal zu mir gekommen, weil ich ein Landsmann von ihm bin?«

»Der Nikolaus irrt sich nicht«, sagte seine Mutter, »er bevorzugt auch keine Kinder, nur weil sie aus derselben Region stammen. Er wird wohl vergessen haben, dass er schon bei dir gewesen ist.«

In dem Jahr hatte auch Maria Rohowsky – Oma Rohowsky, wie Umut jetzt zu ihr sagen durfte – ihn zum Plätzchenbacken eingeladen. Ayla kam auch mit, aber sie verlor die Lust und wollte dann wieder nach Hause. Umut aber blieb, obwohl Ayla ihn damit aufzog, dass Jungen keine Plätzchen backen würden. Oma Rohowsky widersprach:

Alle Menschen würden Plätzchen backen, schließlich würden ja auch alle Menschen Plätzchen essen, nicht wahr?

Das leuchtete Umut ein. Wer Plätzchen aß, musste auch welche backen dürfen. Und er liebte es, Plätzchen zu backen und ganze Tüten mit nach Hause zu nehmen.

»Schaut mal, was ich gebacken habe!«, sagte er ganz stolz und zeigte seine Ausbeute.

Ayla grinste: »Hast du die gebacken?«

»Hab ich! Schön, nicht?« Umut hatte ganz rote Ohren vor Freude.

»Dann schau sie dir mal ganz genau an! Sehen sie nicht zufällig genauso aus wie die Plätzchen, die der Nikolaus dir letzte Woche gebracht hat?«

Umut besah sich die Plätzchen, völlig ratlos. »Nein, das sind meine, nicht die vom Nikolaus.«

»Du bist ein Dummchen«, sagte Ayla. »Es gibt gar keinen Nikolaus, alle Plätzchen sind von der alten

Rohowsky. Die von letzter Woche waren auch von ihr, die hat sie vor unsere Tür gelegt, und jetzt backt sie mit dir welche nach!«

Sie lachte und schaute ihren Bruder triumphierend an. »Hast du es endlich kapiert, Dummi?«

Nein, Umut hatte gar nichts kapiert, er wollte auch nichts kapieren. Das Einzige, was er verstand, war, dass sich ihm Aylas Worte ins Herz bohrten. Die Tränen kamen ihm. »Mama, Ayla sagt, meine Plätzchen, die ich gerade gebacken habe, sind die vom Nikolaus! Mama, sag, dass das nicht stimmt!«

»Ayla!«

Hülya sah ihre Tochter, die dastand, als könne sie kein Wässerchen trüben, sehr streng an.

»Ich habe nur gesagt, schau dir mal die Plätzchen an, die du gebacken hast, die sehen genauso aus wie die vom Nikolaus!«

»Das ist durchaus möglich.« Hülya blickte ihren Sohn liebevoll an. »Deswegen musst du doch nicht weinen. Irgendjemand muss irgendwann der Oma Rohowsky das Rezept von den Nikolausplätzchen verraten haben!«

»Die Oma hat gesagt, das sei ein altes Familienrezept«, schnaufte Umut, jetzt ein wenig getröstet.

»Siehst du, dann muss jemand der Oma von der Oma von der Oma das Rezept verraten haben!«

»Vielleicht hat es ja die Oma von der Oma von der Oma zuerst gewusst und dann dem Nikolaus verraten?« Erwartungsvoll schaute Umut seine Mutter an.

»Das kann durchaus sein, jedenfalls schmecken sie sehr gut, und ich bin sehr froh, dass du jetzt weißt, wie diese Plätzchen zubereitet werden, denn nun können wir sie auch selber backen.«

»O ja, bitte, Mama, lass uns auch Weihnachtsplätzchen backen!«

Und tatsächlich buk Hülya mit ihrem Sohn Weihnachtsplätzchen, und Umut brachte Oma Rohowsky ein paar zum Probieren.

Als am Abend der Vater nach Hause kam, erzählte ihm seine Frau die Plätzchengeschichte, und wie immer nahm Arif seine Tochter in Schutz.

»Sie ist eben ein nüchterner Typ«, sagte er. »Du kannst nicht erwarten, dass sie die Ammenmärchen der christlichen Welt übernimmt.«

»Aber Kinder brauchen Märchen, und es ist schön, wenn Umut an den Nikolaus glaubt«, erwiderte die Mutter.

»Meine Tochter ist wie ich, wir sind halt sunnitische Muslime, wir glauben nicht an Zauber, wir glauben nicht an Wunder, wir glauben nur an das, was wir sehen, die einzige Ausnahme ist Gott!«

Als Oma Rohowsky zur Weihnachtszeit die Krippe aufbaute und Umut einlud, konnte er sich an den Figuren nicht sattsehen.

»Schau mal, Umut«, hatte Oma Rohowsky gesagt und auf die Heilige Familie gezeigt, »das ist Maria, das Josef, und das ist das Jesuskind.«

Das war eine schöne Familie: Vater, Mutter und

ein kleiner Sohn, so eine Familie wünschte sich auch Umut, ohne die störende Schwester. Aber sein Vater, der liebte Ayla, so wie Mohammed seine Lieblingstochter Fatima. Ayla war die gute Tochter, die dem Papa die Wünsche von den Augen ablas, und er, Umut, war der renitente Sohn. Trotzdem: Es war eine schöne Zeit gewesen, damals, als sie zu Hause noch Weihnachtsplätzchen backen konnten, ohne dass sich Widerspruch vom Vater regte.

ALS UMUT AUS der Bahn stieg, war er immer noch guter Laune, trotz der Erinnerung an die Konflikte mit seinem Vater. Er war siebzehn, und die Konflikte hatten zugenommen in den letzten Jahren. Das hing auch damit zusammen, dass sich sein Vater sehr verändert hatte. Er war nicht mehr der Alte. Einfach war ihre Beziehung nie gewesen, aber seitdem sein Vater immer öfter in diese eine Moschee ging, stellte er auch die gewohnte Lebensweise seiner Familie in Frage. Alles, was bis dahin in Ordnung gewesen war, war auf einmal nicht mehr in Ordnung. Er war knackkonservativen Typen auf den Leim gegangen. Jetzt gab es zu Hause nur noch ein Wort: Sünde – Sünde – Sünde. Alles war Sünde, Musik war Sünde, Lachen war Sünde, Lebensfreude war Sünde. Jeder zweite Satz fing damit an, dass der Vater zum Besten gab, was alles im Islam verboten war.

Umut zweifelte sehr an den Darstellungen seines Vaters bzw. an der Wiedergabe dessen, was der Imam gesagt hatte. Das, was sein Vater so erzählte, wenn er den Imam zitierte, konnte weder gottgefällig noch im Sinne des Islam sein. Gott war nicht so kleinlich und der Islam keine ängstliche Religion. Aber es war sehr schwer, seinem Vater das alles zu erklären. Der glaubte nur noch dem, was der Imam erzählte.

Seine Mutter trug inzwischen ein Kopftuch, was früher nicht der Fall gewesen war, seine Schwester neuerdings auch. Wobei sie nach wie vor eine ganz besondere Nummer war. Zu Hause mimte sie die brave Tochter, ja, sie hatte selber drauf bestanden, sich ein Kopftuch umzubinden, weil sie genau wusste, dass sie damit ihren Vater völlig in der Hand hatte. Überall erzählte er jetzt voller Stolz, wie seine Tochter geradezu darum gebettelt hatte, ein Kopftuch tragen zu dürfen; er merkte nicht einmal, wie sich die Leute um ihn herum lustig machten, weil sie mitbekamen, was sich die brave Ayla mit Kopftuch so alles erlaubte. Denn im Schutz des Kopftuchs machte Ayla einfach ihr Ding, und wenn sie dann nach Hause kam, säuselte sie was von »Väterchen hier, Väterchen da«, und Arif war hingerissen. Da sie ausgesprochen intelligent war, hatte sie Abitur gemacht und studierte jetzt. Und machte noch so manches andere. Nicht, dass Umut neidisch auf die Erfolge seiner Schwester war, er hatte diese längst akzeptiert; was ihn wurmte, war die Tatsache, dass sie sich immer gut aus der Affäre ziehen konnte. Er wusste zum Beispiel um ihre Männerbekanntschaften und dass sie auch mit diversen Männern schlief. Aber das würde nie thematisiert werden, und irgendwann – davon war Umut überzeugt – würde sie als Jungfrau eine ihr sehr genehme Ehe schließen und dabei ihrem Vater das Gefühl vermitteln, dass er es gewesen sei, der diese Ehe arrangiert habe.

Wollte er mit ihr tauschen? Nein, ganz sicher nicht, so ein Doppelleben hätte er um keinen Preis führen können. Bei dem Gedanken an das Stichwort »Doppelleben« wurde ihm unwohl, aber er versuchte, dieses Gefühl schnell loszuwerden, denn sein Doppelleben war ein anderes als das seiner Schwester.

Beim Abendessen war die Stimmung wie immer, irgendwie fehlte es in dieser Familie an Wärme und Vertrautheit, dachte Umut. Ja, mehr noch, es kostete furchtbar viel Energie, die unterschwellige Aggressivität, die seit einigen Jahren aufkam, sobald sie zusammensaßen, zu unterdrücken. Seine Mutter versuchte zwar, so etwas wie Gemeinsamkeit herzustellen, aber es war aufgesetzt. Die Rituale und Redewendungen waren hohl und künstlich. Ein Automatismus der Familienkommunikation.

Während sie zusammen, aber nicht gemeinsam zu Abend essen, wollen wir uns die Familie etwas näher anschauen. Zuerst den Vater: Arif, inzwischen vierundvierzig, war als Kind nach Deutschland gekommen, eigentlich als Teenager, nachdem er ein paar Jahre bei Oma und Opa im Dorf verbracht hatte. Er war ein unauffälliger Junge gewesen, im Guten wie im Schlechten. Er ging seiner Arbeit nach, besuchte samstags ab und zu mit seinen Kumpels die Türkendisco, und als er Mitte zwanzig war, beschlossen seine Eltern, ihn zu verheiraten. Er hatte nichts dagegen, wie allem anderen stand er auch diesem Vorschlag ziemlich gleichgültig gegenüber. Als ihm dann durch die Vermittlung einer Nachbarin die Bilder der zwanzigjährigen Hülya vorgelegt wurden, war er sofort mit der Verlobung einverstanden. Warum nicht Hülya, Arif spürte weder Sehnsucht noch Verlangen.

Ein Jahr später waren sie verheiratet, und Hülya war ihm nach Deutschland gefolgt. Sie war anders als ihr Mann, sie hatte sogar Abitur gemacht in der kleinen Stadt, in der sie in Anatolien aufgewachsen war. Und sie hatte Träume. Von dieser Heirat hatte sie sich so viel erhofft! Nicht, dass sie Arif so toll fand, das sicher nicht, aber Arif war der Schlüssel nach Europa, zu Bildung, Weiterkommen, Karriere. Sie hatte sich vorgestellt, dass sie in Deutschland studieren, promovieren, ach, vielleicht sogar eine akademische Karriere absolvieren könne. Dass ihr zukünftiger Mann nicht mal Abitur hatte, störte sie nicht weiter, sie würde ihn unterstützen, ebenfalls weiterzukommen. Auch er würde studieren, und dann würden sie in die Türkei zurückkehren und gemeinsam an einer Universität unterrichten.

All das ging ihr durch den Kopf, als ihre Eltern ihr die Fotos von dem farblosen jungen Mann vorlegten und sie fragten, ob sie sich vorstellen könne, ihn zu heiraten. »Warum nicht?«, hatte sie geantwortet. Er war genauso gut und genauso schlecht wie jeder andere, der ihr den erhofften Weg hätte ebnen können.

Und dann war sie nach der Hochzeit mit ihm nach Deutschland gekommen, und da war ihr das widerfahren, was man gemeinhin als Kulturschock bezeichnet. Das war nicht Europa, wo sie gelandet war! Das war nicht die Wiege der Zivilisation, die sie sich in ihren Phantasien vorgestellt hatte.

Das Leben in Deutschland, die Ehe mit ihrem Mann, seine Familie, seine Freunde, der Stadtteil, in dem sie lebten, das war ja alles enger und kleinkarierter als in der Kleinstadt, in der sie aufgewachsen war. Sie hatte in der Schule deutsche Literatur gelesen und die Ideen der deutschen Philosophen studiert, doch hier, inmitten Deutschlands, wusste niemand etwas davon, ja, schlimmer: Niemand interessierte sich dafür. Die Moscheen und die Hochzeitssalons schienen die Treffpunkte zu sein, und dementsprechend waren auch die Themen.

Die Konkurrenz zwischen den Moschee-Imamen, ihre Predigten, die Klatschgeschichten der Frauen, die Kinder füllten den Alltag. Hülya meinte zuerst zu ersticken, ihre Träume waren in unerreichbare Ferne gerückt, ein paar Mal versuchte sie ihre Pläne umzusetzen, aber bei einem Mann, der nicht einmal einen ordentlichen Beruf hatte, wie es sich erst jetzt herausstellte, stieß sie auf taube Ohren.

Die Entscheidung, sich nach Deutschland zu verheiraten, war definitiv eine falsche gewesen. Es ging ihr hier viel schlechter als zu Hause in ihrer Kleinstadt in Anatolien. Ein paar Mal dachte sie an Scheidung, aber dann hätte sie in die Türkei zurückkehren müssen, und das wollte sie auch nicht, denn so ganz hatte sie ihre Hoffnungen nicht begraben, Arif doch noch von der Richtigkeit ihrer Pläne zu überzeugen.

Dann wurde sie schwanger, und ihre Hoffnungen richteten sich jetzt auf das Baby. Und als das kleine Mädchen geboren war, wusste sie, dass jetzt dieses Kind ihre Träume erfüllen würde. So war es auch gekommen: Ayla studierte nun an ihrer statt.

Sie hatte die Intelligenz und den Ehrgeiz ihrer Mutter geerbt, und weil sie die Intelligenz ihrer Mutter geerbt hatte, versuchte sie ihr Leben so zu gestalten, dass sie weniger Schwierigkeiten hatte als ihr ebenfalls intelligenter, aber weniger flexibler Bruder, der nicht bereit war, gewisse Kompromisse einzugehen, wie zum Beispiel den inzwischen höchst religiös gewordenen Vater bei Laune zu halten.

Ja, Arif hatte sich in den letzten Jahren ganz langsam verändert.

Es fing damit an, dass er immer öfter in eine bestimmte Moschee ging, von der es hieß, sie wäre in den Händen von ziemlich konservativen Leuten. In der Nachbarschaft sprach man nicht schlecht über muslimische Gemeinden, auch wenn diese radikal waren.

»Wir sind doch nur eine Handvoll Leute«, hieß es, »wir sollten uns nicht gegenseitig schlechtmachen.« Also sagte man lediglich, dass diese Moscheegemeinde ziemlich konservativ sei.

Arifs Besuche in dieser Gemeinde blieben nicht

ohne Folgen, weder für ihn noch für seine Familie. Er führte neue Kategorien ein, was gut und böse, was erlaubt und nicht erlaubt, was muslimisch und nicht-muslimisch sei. Und seine Familie hatte sich zu fügen. Erst veränderte sich sein eigenes Äußeres: Er ließ sich einen Vollbart stehen und kleidete sich so, dass Gleichgesinnte ihn sofort als ihresgleichen erkennen konnten. Hülya kämpfte nicht sehr lange, bis sie sich ein Kopftuch umband, sie hatte die meisten ihrer Träume begraben, warum also nicht auch noch ein Kopftuch. Ayla war so schlau, das Kopftuch von sich aus umzubinden, um sich dadurch viele Freiheiten zu erhalten. Das war klug gewesen, sie führte ihr altes Leben (fast) unverändert fort und log nur in den Fällen, wo es sich nicht umgehen ließ. Auch Umut vermied nach Möglichkeit die direkte Konfrontation, aber zur Weihnachtszeit ließ sie sich fast nicht umgehen.

Gerade erzählte Ayla von einer Kommilitonin, die schwer erkrankt war.

»Ist sie Türkin?«, fragte der Vater.

Warum stellt er jetzt diese Frage, dachte Umut, wird sein Mitleid größer sein, wenn sie Türkin ist? Ist sie Türkin? Ist er Türke? Wozu immer diese Fragen?

»Nein«, antwortete Ayla. »Du weißt doch, dass bei uns im Semester kaum Türkinnen sind!«

»Trotzdem, gecmis olsun, gecmis olsun«, sagte der Vater, eine Redewendung, die immer kam, ganz gleich, ob jemand an Schnupfen erkrankt war oder an Krebs, und die letztendlich bedeutungslos war: »Möge es vorbeigegangen sein!«

»So ein junges Mädchen, und so eine schlimme Krankheit«, fügte jetzt die Mutter hinzu. »Aman, evlerden uzak!« Auch so eine Redewendung: »Möge es von unseren Häusern fernbleiben!«

Umut war irgendwie sauer auf Ayla, weil sie Dinge erzählte, die niemanden interessierten und nur inhaltsleere Redewendungen hervorriefen. Aber vielleicht war es ihr Beitrag zur Aufrechterhaltung der Familienbalance.

Unter diesen Umständen sah er es als seine Pflicht an, ebenfalls einen Beitrag zum Tischgespräch beizusteuern. »Heute sind wir Auszubildenden für die Weihnachtszeit eingeteilt worden«, erzählte er. »Es wird ein gutes Weihnachtsgeschäft erwartet dieses Jahr, und ich werde bis einschließlich Heiligabend arbeiten.«

»Das müsste dir doch ausnehmend gut gefallen«, erwiderte sein Vater spitz. »Zilleri tak, oyna – Leg dir Schellen an und tanze –, jetzt kannst du dich ja richtig in dieses christliche Fest werfen. Aber mir soll es recht sein, dann hast du dich dort ausgetobt und kommst nicht auf den Gedanken, hier zu Hause christliche Feiern zu veranstalten wie in den letzten Jahren!«

»Du scheinst dir deiner Religion ja nicht gerade sicher zu sein, wenn dir schon ein paar bunte Kugeln an einem Tannenzweig so viel Angst einjagen!«

Umut wusste genau, dass er mit diesem Satz eine

Diskussion auslösen würde, die bis ins Grundsätzliche gehen würde, aber er konnte es verdammt noch mal nicht lassen. Sein Vater hatte angefangen.

»O doch, junger Mann, ich bin mir meiner Religion sehr sicher, und weil ich so sicher bin und nicht zwischen Baum und Borke hänge wie andere Leute, will ich diesen Kram in meiner Wohnung nicht sehen!«

»Ich weiß wirklich nicht, warum du und dein Imam so gegen das Weihnachtsfest wettert. Es wird doch die Geburt Christi gefeiert!«, sagte Umut.

»Geburt Christi! Dass ich nicht lache!«, höhnte Arif. »Der Imam hat uns das genau erklärt, die Geburt Christi kann gar nicht am 24. Dezember gewesen sein. Nach dem Stand der Sterne muss er mitten im Sommer geboren sein. Die feiern das doch nur am 24. Dezember, weil die alten Germanen am 24. Dezember die Sonnenwende gefeiert haben, und dann wollten die christlichen Missionare den Germanen das Christentum schmackhaft machen, und deswegen haben sie die armen Germanen statt der Sonnenwende einfach Christi Geburt feiern lassen. Die armen Germanen, sie haben gar nicht gemerkt, wie sie reingelegt worden sind, aber so sind die christlichen Missionare, du merkst eben nicht, wie du reingelegt wirst – genau wie du jetzt nicht merkst, wie du reingelegt und missioniert wirst.« Arif war immer lauter geworden.

»Aber ich werde doch gar nicht missioniert, ich finde das alles schön!« Umut versuchte sich zu rechtfertigen, aber anscheinend war Arif auf das Argument vorbereitet gewesen, denn er griff es mit Vehemenz auf.

»Genau das ist es doch! Dass du es schön findest! Denk doch mal nach, wenn du es noch kannst! Dieser ganze Klimbim mit Weihnachtsbaum und -kugeln wird doch nur veranstaltet, damit du das schön findest! Weihnachtsbaum! Dass ich nicht lache! Jesus ist doch in Bethlehem geboren. Gibt es, bitte, in Bethlehem Tannenbäume? Da wachsen doch gar keine Tannenbäume? Und dieser ganze Quatsch mit weiße Weihnacht! hat es jemals in Bethlehem geschneit? Mitten im Sommer, als ja Jesus nachweislich geboren wurde?«

Arif wartete die Antwort seines Sohnes nicht ab und redete sich weiter in Rage: »Ich sage es dir: Natürlich nicht, das ist eine so perfide Art der Missionierung, dass alles an die mitteleuropäischen Umstände angepasst wurde, das ist Missionierung und Kolonialisierung pur. Du exportierst deine Religion und deine Kultur, und du tust auch noch so, als sei sie allen anderen überlegen, sogar deine klimatischen Bedingungen exportierst du und machst sie zum Teil einer Kultur. Jetzt wollen alle auf der ganzen Welt weiße Weihnachten feiern, wir haben es doch selber gesehen in Istanbul, wo es auch höchst selten schneit. Aber was ist? Alle Schaufenster sind voll mit Watte und Styroporschnee!«

»Hat dir das alles der Imam erzählt?«, fragte Ayla. »Hast du all diese Erkenntnisse vom Imam, oder hast du dir das selber überlegt?« Sie war immer so raffiniert; wenn sie so fragte, konnte man aus ihrer Frage nicht schließen, ob sie ihrem Vater recht gab oder nicht; die gute Ayla, sie verdarb es sich mit niemandem.

Sofort fühlte sich der Vater von ihr angenommen und verstanden.

»Unser Imam, mein Kind, hat uns das alles erklärt, und er hat noch ganz andere Sachen erzählt. Wir müssen alle sehr aufpassen, dass wir nicht missioniert werden. Sie sind überall, die christlichen Missionare, du erkennst sie nicht, sie tauchen sehr freundlich auf, tun so, als ob sie dir helfen oder dich unterstützen wollen. In Wirklichkeit wollen sie dich nur missionieren und für das Christentum gewinnen. Sie wollen dich deiner Religion entfremden.«

»Weihnachten ist ein großes Geschäft«, stellte Ayla fest. »Wisst ihr, wie hoch der Umsatz des Einzelhandels in der EU zur Weihnachtszeit ist? Es wird die Geschäftsidee exportiert, Papa, nicht der Glaube oder die Religion!«

»Mein Kind«, Arifs Stimme klang viel freundlicher, wenn er mit Ayla sprach, denn obwohl er es nicht einmal vor sich zugegeben hätte, hatte er großen Respekt vor seiner kleinen Tochter, die es als Erste in der Familie geschafft hatte zu studieren.«

»Du siehst das natürlich mit den Augen einer studierten Volkswirtin, aber glaube deinem alten Vater, es ist mehr als nur Geschäft, es ist der Versuch, die Muslime zu missionieren.«

»Studierte Volkswirtin«, dachte Umut, sie ist erst im zweiten Semester, aber wie es so ist, wenn sie was sagt, wird sie nicht angebrüllt oder beleidigt.

»Bitte nicht«, sagte Hülya jetzt, mehr matt als aufgebracht. »Wir haben erst August, und der Streit um die richtige Einstellung zu Weihnachten geht jetzt schon los.«

»Wenn man so einen Sohn hat, der geradezu nach christlicher Symbolik lechzt, dann geht die Adventszeit schon im August los!«

»Ne, mein lieber Vater, nicht so«, jetzt klang die Stimme von Umut nicht mehr so kontrolliert. »Andersrum wird ein Schuh draus. Wenn man einen Vater hat, der sich von hergelaufenen Imamen mit Halbwissen den Islam erklären lässt und für den es schon eine Sünde ist, in Gegenwart von Nicht-Muslimen zu atmen, dann kann man nicht mal mehr ordentlich von der Arbeit erzählen, ohne dass sofort etwas dahinter vermutet wird!«

»Wie redest du mit deinem Vater?«, brüllte Arif. »Steh sofort von meinem Tisch auf, ich will dich nicht mehr sehen!«

Umut war kalkweiß geworden, er stand auf und ging in sein Zimmer.

Er wusste, die Krise, die jetzt ausgelöst worden war, würde mindestens eine Woche andauern. Sein Vater würde jetzt »seinem« Imam den heutigen Vorfall erzählen, und dieser würde die kühnsten Thesen aufstellen. Das kannte er von früheren Streitereien.

»Sie haben deinen Sohn verhext«, würde er sagen,

oder: »Wahrscheinlich ist dein Sohn schon konvertiert, und deswegen geht ihm jeder Respekt vor dem Vater ab!«

Warum konnte sein Vater nicht so unbekümmert sein wie sein Onkel? Oder seine Großmutter? Aber während der Rest der Familie völlig normal geblieben war, war sein Vater dieser radikalen Sekte beigetreten. Alle anderen hatten Verständnis für seine kleine Weihnachtsschwäche. Was war auch schon dabei? Er wollte die Wohnung dekorieren, Weihnachtsplätzchen backen und einen Weihnachtsbaum aufstellen. Na ja, er wollte auch auf Weihnachtsmärkte gehen, vielleicht ein Weihnachtsoratorium besuchen, Nikolaus und Heiligabend feiern, mit Geschenken und so, und dann ein paar Weihnachtslieder singen.

Er musste selber lächeln, als er feststellte, was er alles wollte. Eigentlich wollte er das ganze Programm. Was war falsch dran?

Manches davon wurde in der ganzen Familie verwirklicht.

Seine Oma schenkte allen Kindern einen Adventskalender, als Mitbringsel sozusagen. Nicht von der teuersten Sorte, aber dafür immer wieder. Und da Oma zu den weniger Zwanghaften dieser Gesellschaft gehörte, sah sie auch gar nicht ein, warum man nur einen Adventskalender haben oder nur ein Türchen pro Tag aufmachen dürfe.

Wenn ihre Enkel Mitte Dezember beim vierten Adventskalender mit den Worten »Oma, du hast mir doch schon drei Adventskalender geschenkt« protestierten, zuckte sie mit den Schultern und erwiderte: »Na und? Es macht doch Spaß, die Schokolade aus den Türchen zu pulen, oder?« Womit sie ohne Zweifel recht hatte.

Sie besaß einen abscheulichen Plastikbaum, den sie jedes Jahr aufstellte. Es müsse ein bisschen Licht in die dunkle Jahreszeit gebracht werden, sagte sie dann.

Damit war sie in guter türkischer Gesellschaft, übrigens nicht nur in Deutschland, sondern auch in der Türkei. Umut musste grinsen, als er an die Reise vor zwei Jahren zurückdachte, die sein Vater unternommen hatte, um sie in eine »weihnachtsfreie Zone« zu führen.

Dass alle Einkaufszentren mit Weihnachtsbäumen geschmückt waren, mit Geschenkpaketen, bei denen die Farben Rot und Grün dominierten, dass ihm überall Weihnachtmänner mit Hohoho-Rufen und Glocken in der Hand entgegenkamen, dass sich die Passanten genüsslich neben sie stellten, um sich mit ihnen fotografieren zu lassen – das hätte er vielleicht noch als Kommerz durchgehen lassen, aber es kam noch viel besser. Bei allen Verwandtenbesuchen zeigte sich das gleiche Bild: In jeder Wohnung stand ein künstlicher Weihnachtsbaum, elektrisch beleuchtet. Und bei vielen Verwandten waren Krippen aufgebaut. Sein Vater, mit den diversen Weihnachtssitten nicht vertraut, hatte erst gar nicht verstanden, was das sein sollte. Kichernd hatten die Kinder ihm erklärt, dass die Krippe eine südeuropäische Sitte sei und in der Türkei sowohl der Tannenbaum des Nordens als auch die Krippe des Südens Einzug gehalten hätten.

Mein Gott! Nicht nur ein unschuldiger Tannenbaum, sondern die Heilige Familie mit den Heiligen Drei Königen. Christlicher ging es ja gar nicht mehr! Auf die entsetzte Frage seines Vaters, warum sie das aufstellen würden, zuckten alle mit den Schultern und gaben die gleiche Antwort: »Weil es schön ist!«

Nachdem es auch im Hotel weihnachtlicher zuging als in Deutschland, trat man den Rückweg an, wobei Arif sagte, auch in der Türkei habe die Missionstätigkeit bestimmter christlicher Sekten stark zugenommen. Mit dieser Meinung stand er in der Familie allerdings ziemlich allein da. Seine alte Mutter, die längst auch in der großen deutschen Stadt lebte, machte sich lustig über ihn, indem sie frech fragte, wie man mit Tannenzapfen und Plastikbäumen jemanden missionieren könne.

»Frag doch mal deinen Imam«, sagte sie, während sie sich genüsslich ein Stück Schokolade aus ihrem Adventskalender in den Mund schob, »wie man mit Blechkugeln jemanden missionieren kann. Also ich für meinen Teil weiß, dass ich muslimisch bin!«

Umuts Onkel und Tante, die auch in der Stadt lebten, kauften sich einen echten Baum, den seine Tante mit mindestens fünf Kilogramm Süßigkeiten behängte, nur um das Zeug sofort wieder abzuessen. Sein Onkel fragte seine Tante jedes Jahr, warum sie die Süßigkeiten nicht direkt essen würde, das wäre doch viel praktischer, als sie zuerst an den Baum zu hängen und von dort zu essen. Zumal die eigentliche Tradition des Baumplünderns ab dem 6. Januar einsetzte, sie aber praktisch sofort damit anfangen würde. Aber die Tante erwiderte, das sei die von ihr erschaffene Tradition, den Weihnachtsbaum zu schmücken und Weihnachten zu feiern. Außerdem würde sie zwischendurch für Nachschub sorgen, wenn der Baum drohe, kahl zu werden. Alle nahmen es mit Humor, außer Umuts Vater.

Umut selbst ging es nicht nur um die äußere Dekoration. Weihnachten löste bei ihm ein unglaubliches Gefühl der Geborgenheit aus. Weihnachten war seine Möglichkeit, Heimat zu erleben. Was wussten die anderen von seinen Gefühlen? Von den Gefühlen eines Menschen, dem ein Stück Normalität vorenthalten wurde. Der nicht dort zu Hause sein durfte, wo er lebte. Und dort, wo er lebte, nicht von Heimat sprechen durfte. Dem immerzu gesagt wurde, seine Heimat sei in der Türkei. Aber die Türkei war weit weg, weg von seiner Wirklichkeit. Das war eine Heimat, die er nicht riechen und nicht anfassen konnte, die nicht da war, wenn er traurig war oder fröhlich, in der er nicht jauchzen und auch nicht weinen konnte.

Nein, das alles war für ihn nicht möglich. Das ließ weder die eine noch die andere Seite zu.

»Wo kommst du denn her? Wo kommen deine Eltern her? Wo bist du zu Hause? Du hast es doch bestimmt gerne heiß, wo du doch in der Türkei zu

Hause bist!« In den Augen seiner deutschen Mitmenschen war es anscheinend nicht möglich, in Deutschland, in dieser Stadt, in dieser Kultur, zu Hause zu sein. »Ihr habt ja eine andere Kultur!« Woran machten seine gleichaltrigen Kollegen das fest? Wie leicht kam ihnen das über die Lippen: Du hast ja eine andere Kultur! War das Ausgrenzung in schönen Worten? Ja, das war es, und es war so leicht, jemanden mit Worten auszugrenzen: Du bist anders, also bleib bitte auf Abstand mit deiner anderen Kultur!

Haben wir eine andere Kultur? Habe ich das? Wenn ja, wo ist sie, diese andere Kultur?

Von dieser anderen Kultur sprachen nicht nur die Deutschen, sondern auch seine Eltern und Verwandten. Auch sie sagten: »Wir haben eine andere Kultur!« Doch Umut fragte sich: Haben wir das? Und wenn ja, wo finde ich sie? Auf Hochzeitsfeiern? Im Folkloreunterricht? Was ist, wenn ich nicht tanzen mag? Was habe ich von einer Kultur, in der ich nicht leben kann, die ich nicht um mich habe, die mir nicht jeden Tag Kraft und Trost gibt?

Umut fand diese Kultur nicht mehr, nicht da, wo er aufwuchs und lebte, er fand sie auch nicht in den Ferien, wenn er in der Türkei war. Dort, wo seine Altersgenossen von Dingen sprachen, die ihn nicht wirklich interessierten, wo er Interesse heucheln musste, um dazuzugehören. Wie arm war das denn?

Genauso arm fand er das Verhalten einiger seiner Altersgenossen, die permanent davon sprachen, wie toll und überlegen die türkische Kultur sei. Woran spürt ihr das, dass die eine Kultur der anderen überlegen ist? Das wollte er oft fragen, aber er traute sich nicht, weil er fürchtete, noch mehr zum Außenseiter abgestempelt zu werden.

Manchmal, auf türkischen Hochzeiten, wenn die nicht enden wollenden, ewiggleichen Lieder gespielt und dazu die ewiggleichen Tänze getanzt wurden, fragte er sich, ob das, was hier zu besichtigen war, die überlegene Kultur sei.

Wo war die Heimat? Die das Gefühl der Geborgenheit, des Dazugehörigseins, des Angenommenwerdens verbreitete? – Für Umut war das die Weihnachtszeit. Weihnachten war seine selbstgebastelte Heimat.

ANFANG OKTOBER

DIE HÜTER VON Umuts selbstgewählter Heimat waren die Rohowskys. In den beiden »alten Leutchen«, wie sie sich selbst bezeichneten, hatte er die passenden Großeltern gefunden. Das richtete sich nicht gegen seine Oma, die er ebenfalls liebte; sie und die Rohowskys nahmen einander nichts weg, sie ergänzten sich in der Gesamtkonstruktion seiner Welt.

Die Rohowskys stammten aus Westpreußen. Sie waren selber Flüchtlinge gewesen nach dem Zweiten Weltkrieg, und so hatten sie ein tieferes Verständnis für ihre türkischen Nachbarn als andere.

»Ich weiß, wie das ist, wenn man die Heimat verliert«, pflegte Oma Rohowsky zu sagen, und obwohl Umuts Familie immer wieder davon sprach, dass die wirkliche Heimat ja da sei, zwar weit entfernt, aber jederzeit griffbereit durch Telefon und Mail – die Wirklichkeit war eine andere. Auch wenn sie es vor sich selber und den anderen verleugneten – sie lebten nun mal in dieser Stadt; Arif seit seiner Jugend und Hülya auch schon seit über zwanzig Jahren. Die Bindungen in die sogenannte Heimat wurden immer loser, und die in die neue Umgebung sollten immer intensiver werden.

Sie sollten … und sie würden auch, wenn nicht – jetzt musste Umut wieder an den merkwürdigen Verein denken, in dem sein Vater ein und aus ging –, ja, wenn nicht einige Leute das verhindern würden. Im Falle seines Vaters waren die Verhinderer auch erfolgreich, er hatte nur noch Kontakte zu den Leuten aus seinem Verein. »Verein« ist das falsche Wort, dachte Umut. Es ist eine Sekte, eine richtige Sekte. Da wollen sie natürlich nicht, dass er sich mit anderen Leuten austauscht, denn dann würde ja rauskommen, dass sie meinem Vater und allen anderen nur Mist erzählen. NUR MIST – dachte er, bevor er bei den Rohowskys klingelte.

Maria Rohowsky öffnete die Tür und war sichtlich erfreut, ihn zu sehen.

»Da ist ja das Kindchen«, sagte sie, »komm doch rein.«

Umut erzählte vom anstehenden Weihnachtsgeschäft. »Dieses Jahr wird ein gutes Weihnachtsgeschäft erwartet, und ich bin für die Weihnachtsabteilung eingeteilt!«

»Das sind doch mal gute Nachrichten«, schmunzelte der alte Rohowsky, »da hatten die von der Leitung wohl ein gutes Händchen.« »Ich freue mich auch. Und wenn ihr was braucht, so für die Weihnachtsdekoration – sagt mir einfach Bescheid! Ich sitze jetzt quasi an der Quelle.«

»Das sind ja noch mal gute Nachrichten«, sagte Oma Rohowsky. »Ich finde, wir sollten dieses Jahr alles mal neu machen. Jedes Jahr die alte Kiste raus, die alten Sachen hingestellt, dann wieder in die Kiste, das ist nicht mehr gut. Die Kugeln haben an Glanz verloren, die Engel schimmern auch nicht mehr richtig, aber ich finde, Weihnachten muss leuchten, deswegen brauchen wir neue Kugeln und Engel.«

War es wirklich so? Ging es um Kugeln und Engel? Wie brachte man Weihnachten zum Leuchten? Musste Weihnachten leuchten? Oder leuchtete Weihnachten, wenn Umuts Augen leuchteten. Das Gespräch drehte sich jetzt sehr ernsthaft darum, wie man das Wohnzimmer der Rohowskys auf den neuesten Stand der Weihnachtsdekoration bringen konnte.

»Ihr bekommt alles neu, was ist denn mit dem anderen Dekorationsmaterial?«

»Ja, was denkst du, was wir so alle brauchen?«, fragte jetzt Heinz. »Maria hat recht, ich kann das alte Zeug auch nicht mehr sehen.«

Es stellte sich im Laufe des Gesprächs heraus, dass die Rohowskys die Entwicklung auf dem Weihnachtsdekomarkt hoffnungslos verschlafen hatten. Seit mehreren Jahrzehnten benutzten sie das gleiche olle Zeug. So wurde beschlossen, dass Umut alles neu besorgen solle.

»Und wenn ich alles sage, dann meine ich auch alles«, stellte Rohowsky mit Nachdruck fest. »Hier soll eine ganz neue Pracht einziehen!«

Wie genau diese ganz neue Pracht in das Wohnzimmer einer Dreizimmermietwohnung einziehen solle, wurde zwar nicht genau definiert, aber vielleicht war das auch gut so. Es blieb der Phantasie jedes Anwesenden überlassen, was damit gemeint sei. Die Diskussionen drehten sich schnell um die bevorzugten Farbzusammenstellungen des Jahres.

»Macht euch um das Geld keine Sorgen«, sagte Umut ganz schnell, »ich bekomme Prozente, die gebe ich natürlich an euch weiter.«

»Das hoffe ich doch sehr, junger Mann«, sagte der alte Rohowsky, »obwohl – ich muss sagen, Geld spielt in dem Fall keine Rolle, wir wollen es so richtig schön haben dieses Jahr, prächtig, wie bereits erwähnt.«

Es wurde beschlossen, dass Umut in den nächsten Tagen noch einmal mit möglichen Mustern und Vorschlägen für das Gesamtkunstwerk »Weihnachtszimmer Rohowsky« kommen solle, und dann würde man gemeinsam die Entscheidung fällen.

Nachdem Umut gegangen war, schauten sich Maria und Heinz an.

»Lächelst du, oder grinst du?«, fragte Maria Heinz.

»Spielt das eine Rolle?«, fragte er zurück. »Ich freue mich jedenfalls, dass wir ein prächtiges Weihnachtszimmer haben werden, auf dem neuesten Stand der Weihnachtsdekorationsmode!«

»Ach, du Gutster!« Maria Rohowsky stupste ihren Mann in die Seite. »Die Weihnachtsdekoration ist dir so egal wie Weihnachten selbst. Glaubst du, dass ich das nicht weiß? Seit Jahren bestehst du doch nur auf dem Baum und dem anderen Tralala wegen des Jungen, weil es ihm so eine Freude macht.«

»Ja, und?« Heinz Rohowsky warf seiner Frau einen schelmischen Blick zu. »Ich weiß es, du weißt es, und wir wissen voneinander, dass wir es beide wissen. Was ist schließlich wichtig an diesem ganzen Weihnachten? Dass man jemandem eine Freude macht! Ich weiß ehrlich gesagt nicht, ob ich dir jedes Jahr mit meinem ziemlich phantasielosen, mir von einer Verkäuferin aufgeschwatzten Geschenk eine Freude mache. Und wenn du ehrlich bist, weißt du auch nicht, ob du mir mit deinen Geschenken eine Freude machst, obwohl du sie – was ich mit an Sicherheit grenzender Wahrscheinlichkeit annehme – selber aussuchst!

Alles ist zur Routine geworden, und in der Routine gibt es kein Weihnachtsgeheimnis mehr. Doch Umuts Freude auf die Dekoration und seine Vorfreude auf das Fest, das ist das Weihnachtsgeheimnis. Und das ist mir die Sache wert, auch wenn es hier aussehen wird wie bei Neureichs!«

»Reich sind wir nie geworden«, erwiderte Maria. »Dank Umut können wir wenigstens so tun, als wären wir neureich!«

VIERZEHN TAGE SPÄTER saß Umut bei den Rohowskys, vor sich lauter Broschüren und Tüten. »Diese Prospekte sind natürlich noch lange nicht auf dem Markt«, erklärte er fachmännisch, »wir haben sie bereits in den Händen, damit wir uns ein Bild machen können, wohin der Trend dieses Jahr geht. Wir können natürlich bei den ganz klassischen Dekorationen bleiben, in Gold oder Silber, oder wir gehen in die Lilatöne, die sind dieses Jahr sehr im Trend!«

»Was allerdings bedeuten könnte«, fügte er nach einer kleinen Pause hinzu, »dass der Trend nächstes Jahr nicht mehr en vogue ist und wir dann darüber nachdenken müssten, alles wieder neu zu machen.«

»Du bist ja ein richtiger Profi geworden«, stellte Heinz fest, »wie dir das ›en vogue‹ über die Lippen geht, das ist schon erste Sahne.«

»Das hat uns der Abteilungsleiter beigebracht«, entgegnete Umut. »Das musst du parat haben, wenn du hochwertige Kundschaft bedienen willst. Aber was meint ihr, was sollen wir nehmen?«

Heinz streifte mit seinem Blick Maria, bevor er antwortete: »Also ich bin der Meinung, wir sollten was Modisches nehmen, das Klassische haben wir ja all die Jahre gehabt. Etwas Neues bringt frischen Wind in unser Weihnachtszimmer, und wenn der ganze Kram nächstes Jahr nicht mehr en vogue ist – er ließ sich den Ausdruck auf der Zunge zergehen –, dann machen wir alles wieder neu. Ich meine, in unserem Alter sollten wir jedes Weihnachtsfest genießen! Das heißt« – jetzt wandte er sich an Umut –, »wenn du bereit bist, uns weiterhin zu unterstützen!«

Umut strahlte! Als er antwortete, überschlugen sich die Worte: »Ja, klar, mache ich das. Sehr gerne sogar, ich meine, ich bin ja an der Quelle, dann können wir immer wieder schauen, was gerade so angesagt ist.«

»Du meinst wohl: en vogue«, scherzte Heinz.

»Ja, en vogue«, lachte Umut.

So war es beschlossene Sache, dieses Jahr alles Ton in Ton in Lila zu halten. Umut erklärte in einem fort, wie das aussehen könnte, hier der Baum, dort die Dekovasen mit farblich passendem Inhalt, am Fenster die Lichterketten mit weiterem Tand, der so runterhängen würde. Er überschlug die Summe, zog die Prozente ab, und legte einen Kostenvoranschlag auf den Tisch.

»Ich weiß nicht, wie du es siehst, Heinz«, sagte Maria und lächelte fein, »aber wenn du damit einverstanden bist, dann sind wir uns mit Umut handelseinig.«

»Es ist alles bestens«, stimmte Heinz zu, und auch er hatte dieses feine Lächeln um den Mund, von dem niemand hätte sagen können, ob es der Vorfreude auf die schöne Weihnachtsdekoration geschuldet war oder dem gelungenen Coup. »Ich glaube, wir können Umut mit der Wahrnehmung unserer Weihnachtsinteressen beauftragen!«

Bei dem Wort »Weihnachtsinteressen« schaute Umut auf.

Maria nickte ihm aufmunternd zu: »Mach du nur mal, du weißt, wie geschwollen Heinz daherreden kann.«

Als Umut gegangen war, sahen sie sich an.

»Schau nicht so«, sagte Heinz und zwinkerte seiner Frau vergnügt zu. »Weihnachtsdekomäßig waren wir seit Jahren völlig rückständig. Wurde aber auch mal Zeit, dass wir auf den neuesten Stand gebracht werden.«

»Ja«, antwortete Maria, »dieses Ton-in-Ton-Lila wird dafür sorgen, dass wir während der vier Wochen der Weihnachtsinvasion keine psychedelischen Zuckungen und Sehstörungen bekommen!«

ANFANG OKTOBER GING auch im Kaufhaus das Weihnachtsgeschäft langsam los. Viele Leute kamen schon jetzt, um die Weihnachtsdekoration in Ruhe zusammenzustellen. Umut war in seinem Element. Er fragte die Kunden nach der Ausstattung ihres Wohnzimmers, nach ihren Vorlieben, nach der Besetzung während der Weihnachtsfeier – schließlich war es wichtig zu wissen, welche Gäste zu Heiligabend dabei sein würden. Für eine kinderreiche Weihnachtsfeier würde sich eine andere Ausstattung anbieten als für eine Feier von Erwachsenen, von Alleinstehenden. Jede Beratung war für Umut etwas Besonderes. Er bot mehr als nur eine aufmerksame Bedienung, er bot Engagement. Umut war in dem Moment nicht der Verkäufer des Kaufhauses, er war für die kurze Zeit der Beratung ein Familienmitglied, das das Weihnachtszimmer ausstatten durfte.

Die Kundinnen – zu fünfundneunzig Prozent waren es Frauen, die seinen Rat einholten, Männern schien Weihnachten und alles, was damit zusammenhing, weniger wichtig zu sein –, die Kundinnen also sprachen ihn in der Regel an. In dem Moment, in dem Umut mit ihnen ins Gespräch kam, geschah etwas Eigenartiges. Es entstand eine Empathie, bei der Umut durch Nachfragen zu ergründen versuchte, welche Vorstellungen und Wünsche die Frau für den Weihnachtsabend hatte. Dann blühte er auf, unterstützte die Wünsche der Kundin durch Vorschläge, aber es gab auch genügend Momente, wo er ihr abriet und sie zu ganz anderen Phantasien anregte. Manchmal machte Umut sogar Vorschläge zum Festessen oder zur Gästeliste.

»Sie müssen sich das so vorstellen«, fing er an, »es wollen doch Kinder mitfeiern, und das, was Sie sich vorstellen, ist doch viel zu langweilig. Ich habe mir als Kind immer gewünscht, dass es ganz bunt ist und viele Weihnachtsmänner da sind!«

»Sie sind ja immer noch ein halbes Kind«, meinte eine ältere Dame.

»Ja, stimmt«, gab Umut zu. »Und deswegen weiß ich noch genau, was Kindern gefällt, machen Sie nicht alles in Creme und Weiß, das ist langweilig für Kinder, ich empfehle Ihnen Grün und Rot und dazu viele, viele Weihnachtsmänner!«

In seinem Kopf existierten verschieden geschmückte Weihnachtszimmer, denen er Phantasienamen gegeben hatte: »Eingeschneit in einem englischen Castle«, »Weihnachten im Eisschloss«, »Weihnachtsabend in New York«, »Weihnachten im Schloss der purpurnen Königin«.

Die malte er seinen Kundinnen aus, die sich nach kurzer Zeit in diesen imaginierten Weihnachtszimmern herumspazieren sahen. Es war das Geheimnis seines Erfolges, er eröffnete den Kundinnen seine Weihnachtsphantasien, und sie hatten das Gefühl, einen maßgeschneiderten Traum zu kaufen. Und das Schönste an diesem Deal war, dass es passte.

Umut verkaufte keine Illusionen, er verkaufte Träume, die sich irgendwie wiederfanden in den Wohnzimmern seiner Kunden. Es gefiel ihm, es gefiel ihm sehr. Was ihm nicht gefiel, war die traurige Tatsache, dass er selbst kein Weihnachtszimmer haben würde, in dem er sein Weihnachten ausleben konnte.

»Ist doch schön, wenn es anderen gutgeht in ihren Weihnachtszimmern, die ich eingerichtet habe«, sagte eine Stimme in ihm. »Man kann glücklich sein, dass man sich verwirklichen kann, indem man für andere das Zimmer dekoriert.«

»Ich will auch ein schönes Weihnachtszimmer«, sagte eine andere Stimme in ihm – trotzig, ein wenig wütend und neidisch, dass er das Schöne, das er erschaffen hatte, nicht selber besitzen konnte.

Ohne Zweifel war die Stimme, die auch ein Weihnachtszimmer haben wollte, lauter.

ENDE OKTOBER

IN DER LETZTEN Oktoberwoche hatte Babaanne, die Oma, Geburtstag. Sie waren alle eingeladen, obwohl sein Vater auch dazu seinen moralinsauren Kommentar abgab, dass es mit dem echten Islam nicht vereinbar sei, Geburtstag zu feiern.

»Im Islam gibt es keine Geburtstagsfeiern«, stellte er fest, »unser Imam hat das beim letzten Freitagsgebet noch einmal betont, der Geburtstag ist eine christliche Sitte!«

»Das glaube ich nicht!«, sagte Umut.

»Was glaubst du nicht?« Die Stimme seines Vaters klang ziemlich gereizt.

»Erstens glaube ich nicht, dass die Geburtstagsfeier eine christliche Sitte ist, und zweitens glaube ich nicht, dass dies im Islam verboten ist!«

»Du willst es besser wissen als der Imam?«

»Ja!«

»Woher nimmst die diese Frechheit?«

»Nun, wenn es so wäre, wie es der Imam sagt, dann würden die Zeugen Jehovas nicht genauso argumentieren, ich meine natürlich genau umgekehrt. Die behaupten doch auch, dass der Geburtstag nicht christlich sei und deswegen nicht gefeiert werden dürfe. Also sind das doch alles Erfindungen, um die Menschen von den Freuden des Lebens abzuhalten. Wo doch Oma so gerne Geburtstag feiert! Und so viel Spaß daran hat.«

Arif antwortete nicht. Irgendwie hatte ihn der Junge durcheinandergebracht. Und da er sich in den letzten Jahren abgewöhnt hatte, selber zu denken, konnte er jetzt nichts sagen. Er musste erst den Imam dazu befragen. Aber er spürte eine diffuse Wut im Bauch, die sich woanders entladen würde.

Beim Abendessen waren dann alle da: Umuts gesamte Familie sowie die Familie des Onkels. Das Gespräch landete bei den anstehenden Weihnachtsferien.

»Wir fahren über Weihnachten in die Türkei«, erzählte Tante Esra, »was macht ihr?«

»Keine Ahnung«, antwortete Hülya müde. »Ich glaube, wir sind wie immer zu Hause. Vor zwei Jahren waren wir ja in Istanbul, aber Arif hat sich so aufgeregt wegen der Weihnachtsdekoration überall. Schon auf dem Taksim-Platz, dem Mittelpunkt der Stadt, stand ein riesiger Weihnachtsbaum. Wohin wir auch kamen: Weihnachtsbäume! Ja, da haben wir den Urlaub abgebrochen.«

»Also, wir fliegen nach Antalya«, sagte Esra, »und wahrscheinlich wird es dort genauso sein. Bei zwanzig Grad und Sonnenschein überall Styroporschnee. Wir finden das allerdings lustig. Mir tun nur die armen Weihnachtsmänner leid in ihren dicken Mänteln bei den Temperaturen!«

»Und es tut dir gar nicht leid, dass die islamischen Sitten verrohen? Dass dieser ganze Weihnachtsquatsch der Versuch ist, die ganze muslimische Welt zu christianisieren?«

Tante Esra schaute Arif einen Moment verständnislos an, dann sammelte sie sich: »Du glaubst doch nicht, dass man mit einem roten Mantel die Welt missionieren kann?«

»Doch, sie versuchen alles, auf allen Kanälen, sie versuchen unsere Kinder zu verführen, mit Weihnachtskugeln, mit Kerzen.«

»Aber Kerzen gibt es doch in allen Religionen, und die Glitzerkugeln sind nur einfach …«, Esra suchte nach Worten, »… Glitzerkugeln!«

Alle lachten, aber für Arif war die Sache nicht so einfach. »Ihr glaubt alles, was man euch so vorsetzt«, sagte er, »diese Glitzerkugeln und der Weihnachtsmann, das alles ist doch Teil des Plans, die ganze Welt zu missionieren!« Jetzt war Arif nicht mehr aufzuhalten, er repetierte brav alles, was sein Imam ihm vorgesagt hatte, und schloss mit den Worten: »Und weil ich meine Familie vor dieser weltweiten Missionierung schützen muss, kommt mir nichts ins Haus, was nach Weihnachten aussieht oder riecht oder sich anhört oder schmeckt, habt ihr mich verstanden?«

»Das musst du mit deiner Familie ausmachen«, sagte Esra trocken, »wir freuen uns auf Antalya und die Weihnachtsferien, ob mit oder ohne Weihnachtsmann.«

»Du kannst ja Heiligabend die ganze Nacht wachen und dafür beten, dass die Menschheit nicht von den Christen missioniert wird!«, fügte Umut hinzu, womit die ganze Litanei wieder von vorn losging.

Die Stimmung war verdorben, und Umut wusste, dass sich inzwischen die Verwandtschaft freute, wenn sich der Vater bei den Familienfeiern erst gar nicht sehen ließ.

Sie waren dieses Jahr also wieder zu Hause, kein bisschen Weihnachtsstimmung, nichts von all den schönen Dingen, die die anderen Menschen erleben durften: das geschmückte Weihnachtszimmer, die leuchtenden Kerzen, die stimmungsvolle Musik, die geliebten Weihnachtsplätzchen und Geschenke, die von Herzen kamen, für alle.

Umut spürte einen stechenden Schmerz, der ihm die Tränen in die Augen trieb. Da nützte es wenig, wenn die Rohowskys wie immer darauf bestehen würden, dass er sie besuchte, und sie ihm ein schönes Geschenk unter ihren Baum legten. Dieses Jahr würde es ein Baum sein, den im Prinzip er geschmückt haben würde. Jetzt musste er fast lachen: Bei den Rohowskys würde er einmal ein Weihnachtszimmer betreten dürfen, dass er gestaltet hatte. Er überlegte, wie man das Zimmer der Rohowskys nennen sollte, alles Ton in Ton in Lilanuancen. Es würde doch ein bisschen wie ein Lavendelfeld aussehen – »Weihnachten in der Provence«, ja, so sollte das Weihnachtszimmer der Rohowskys heißen.

NOVEMBER

DIE ARBEIT IN der Weihnachtsabteilung nahm immer mehr zu. Abgesehen davon, dass Weihnachten immer näher rückte und sich jetzt immer mehr Menschen um ihre Weihnachtsutensilien kümmern mussten, hatte sich Umut einen gewissen Ruf erarbeitet. Zufriedene Kundinnen empfahlen ihn weiter, was dazu führte, dass die Damen gezielt von ihm beraten werden wollten.

»Du lässt dich ja gar nicht mehr sehen«, klagte Oma Rohowsky, als er eines Abends, beladen mit dem ganzen Dekomaterial, vor ihrer Haustür stand. »Wir haben schon gedacht, du hättest uns vergessen!«

»Ich habe furchtbar viel zu tun, außerdem habe ich auf eine ganz besondere Lieferung gewartet, du wirst es gleich sehen, wenn ich auspacke. Dieser Baumbehang kommt aus England, und ich wollte alles komplett haben, bevor ich komme.«

Während Umut auspackte, erklärte er sehr professionell, welches Teil für welchen Zweck bestimmt war.

»Obwohl ja alles, was du uns gebracht hast, ziemlich zweckfrei ist, oder?!« Heinz lachte. »Nichts für ungut! Ich freue mich, dass es hier mal richtig schön wird, aber ich konnte mir die Bemerkung nicht verkneifen, dass der Zweck dieser Dinge eigentlich sie selber sind.«

»So gesehen, ja«, stimmte ihm Umut zu, »aber das ist wie bei Schmuck, niemand braucht den doch wirklich, oder? Und trotzdem wollen ihn alle haben!«

»Überzeugend, junger Mann! Du wirst es noch weit bringen als Kaufmann. Wirst du auch dekorieren, oder müssen wir das übernehmen?«

»Also mir wäre es sehr lieb, wenn du dekorieren würdest«, sagte Maria, mit leicht schleppender Stimme, die unterstreichen sollte, dass sie sich körperlich nicht mehr so in der Lage fühlte, sich zu bücken und zu strecken.

»Aber natürlich dekoriere ich für euch! Das Zimmer wird dann ›Weihnachten in der Provence‹ heißen. Wann soll ich denn vorbeikommen?«

»So ein Weihnachten in der Provence sollte man eigentlich so lange wie möglich genießen. Ich würde sagen, du dekorierst Ende November, und dann kommst du kurz vor Heiligabend noch einmal für den Baum. Ich meine, du bist auch zwischendurch herzlich eingeladen, aber du hast ja nicht so viel Zeit.«

NACHDEM UMUT DIE Wohnung der Rohowskys verlassen hatte, fühlte er sich durcheinander. Auf der einen Seite freute er sich darauf, die Dekoration zu gestalten, auf der anderen Seite war es eben doch nicht seine Wohnung. Auch wenn die Rohowskys ihm immer wieder sagten, er solle sich bei ihnen wie zu Hause fühlen. Zu Hause fühlen und zu Hause sein waren doch zwei verschiedene Dinge.

Wie würde ich mir denn mein Weihnachtszimmer gestalten?, dachte er. Bei »Weihnachten in der Provence« hatte er doch viel Rücksicht nehmen müssen auf die Inneneinrichtung der Rohowskys. Sein Traumweihnachtszimmer würde ganz klassisch aussehen: Rot, Grün und Gold. Sein Weihnachtszimmer würde wahrscheinlich »very British« heißen. Bei dem Gedanken musste er grinsen. Den Baum würde ich mit diesen wunderbaren Figuren schmücken, die gerade aus England gekommen sind, dachte er. Und die Vögel und Äpfel und Schleifen müssten dann eigentlich kariert sein, oder wäre das zu überladen? Verdammt, er hatte keine Chance, seinen Traum wahr zu machen. Oder doch? Aber wie?

Am nächsten Tag war der Gedanke da. Zuerst nur

ganz kurz, wie eine Art Geistesblitz, der auftaucht und wieder verschwindet. Es ging um Heiligabend, alle Auszubildenden aßen zusammen zu Mittag und erzählten dabei der Reihe nach, wo sie den Abend verbringen würden. Die meisten würden bei ihren Eltern sein. Das ist wie bei uns zum Ramadanfest, dachte Umut, die Familie gehört zusammen, aber das trifft doch bei uns nicht auf Heiligabend zu. Was ist, wenn der Heiligabend nur mir gehören würde, wenn es mein Heiliger Abend wäre, den ich ganz allein feiern kann?

Der Gedanke schoss ihm im Laufe des Nachmittags immer wieder durch den Kopf. Er versuchte ihn zu verdrängen, brachte immer andere Argumente gegen sich und diesen Gedanken vor: Mach es doch einfach, geh in dein Zimmer, mach die Tür zu und feier Weihnachten, sagte die eine Stimme. – Wie soll das vor sich gehen? Ich habe doch nur mein Zimmer zu Hause, und was würde mein Vater sagen, wenn ich es weihnachtlich schmücken würde, von feiern ganz zu schweigen!, antwortete die Gegenstimme. – Dann musst du ein Zimmer haben, zu dem sonst niemand Zugang hat! – Wie soll das gehen, das ist doch verrückt, nein, ich werde das nie haben und nie feiern können!

Allein der Gedanke machte ihn so traurig, dass es ihm fast die Tränen in die Augen trieb. Er spürte, wie der Gedanke ihn nicht losließ, er begleitete ihn, als er die Kunden bediente, als er mit der Straßenbahn fuhr und als er endlich zu Hause ankam.

Die Wohnung, in der sie lebten, bestand aus vier Zimmern, dem Wohnzimmer, dem Schlafzimmer der Eltern und jeweils einem Zimmer für ihn und seine Schwester. Er dachte daran, wie stolz er immer gewesen war, wenn er in der Schule seinen Klassenkameraden erzählen konnte, dass er ein eigenes Zimmer hatte.

So selbstverständlich war das nämlich nicht gewesen, es gab genügend Kinder, die sich ihr Zimmer mit einem Geschwisterkind teilen mussten. Aber jetzt kam ihm alles viel zu eng vor, seine Schwester war schon über zwanzig, aber es war nie die Rede davon gewesen, dass sie ausziehen könnte.

Nein, das gab es nicht bei türkischen Familien, dachte er grimmig, man blieb brav zu Hause wohnen, bis man heiratete, und diejenigen, die nicht heirateten, die blieben immer weiter bei den Eltern wohnen. Wenn er ehrlich war, konnte er sich gar nicht vorstellen, wie das wäre, eine eigene Wohnung zu haben, niemand in seinem Umfeld hatte eine eigene Wohnung. Einige der Azubis erzählten, dass sie mit anderen zusammenwohnten, in einer Wohngemeinschaft, ohne Eltern, die immer wissen wollten, wo man gerade war, wann man nach Hause kam, was man vorhatte; ohne Mütter, die mit dem Essen auf sie warteten. Aber er selbst wusste nicht genau, wie sich das anfühlen würde. Würde man sich frei fühlen, ganz frei, oder nur einsam? Würde er seine Eltern vermissen oder seine Schwester? Vielleicht die Mama, dachte er, die Hexe Ayla würde er bestimmt nicht vermissen, und seinen ewig tadelnden Vater auch nicht. Es war schon komisch, wie er immer behauptete, dass dieses Leben hier auf Erden nur die Probe sei für das wahre Leben, das einen nach dem Tode erwartete, und dann sich permanent in die irdischen Dinge einmischte. Dafür, dass dieses Leben nicht das richtige war, interessierte es seinen Alten unheimlich. Er musste kichern. Vor allem die sehr irdischen Dinge interessierten ihn über die Maßen: Vergnügen, Sex, Spaß. All das war zwar verboten und Teufelswerk, aber gerade deswegen stand es im Mittelpunkt all seines Denkens.

Bei Tisch erzählte Ayla von einer türkischen Studentin, die von zu Hause ausgezogen war. Sie versuchte ihre Stimme dabei neutral zu halten, so dass man nicht verstehen sollte, ob sie das guthieß oder verdammte, aber Umut war klar, dass sie damit die Lage sondierte.

Deswegen konnte sie, als der Vater dieses Verhalten mit Abscheu zurückwies, sofort auf die Stimmung reagieren, indem sie ihrem Vater beipflichtete. »Es ist doch klar, wofür sie ein eigenes Zimmer braucht«, sagte sie mit zuckersüßer Stimme. »Ihr geht es doch darum, unmoralische Dinge auszuleben. Wenn ein Mädchen vor ihren Eltern nichts zu verbergen hat, warum sollte sie dann ausziehen wollen?«

Der Vater schaute sie stolz an: »So ist es, meine Tochter, ein Mädchen zieht aus dem Hause ihres Vaters aus, um in das Haus ihres Ehemannes einzuziehen!«

Umut musste sich ein Grinsen verkneifen. Seine Schwester lebte ihre unmoralischen Dinge schlauerweise am Nachmittag aus. Er wusste ganz genau, dass Ayla Männerbekanntschaften hatte, aber im Gegensatz zu den meisten türkischen Jungs ließ ihn das Sexualleben seiner Schwester kalt. Nie im Leben wäre er auf den Gedanken gekommen, ihre Geheimnisse preiszugeben. Oder freute er sich sogar ein wenig darüber, dass sie den Vater an der Nase herumführte?

»Wohnt sie allein oder in einer Wohngemeinschaft?«, fragte er interessiert.

»In einer WG. Sie sagt, so kommt es billiger, aber wenn du mich fragst, ist so eine WG ein Sündenpfuhl!«

Die Eltern, die nicht wussten, was eine WG ist, fragten nach. Das Bild, das Ayla von der Wohngemeinschaft ihrer Kommilitonin zeichnete, entsprach eher dem der Kommune eins.

»Bei mir in der Ausbildung wohnen auch einige in einer Wohngemeinschaft«, entgegnete Umut, »und was sie erzählen, klingt ganz anders. Da geht es nicht Tag und Nacht um Sex, da geht es eher darum, wer die Küche saubermacht.«

»Wahrscheinlich ist das das Mittel, mit dem man junge Mädchen verführt, in einer Wohngemeinschaft zu leben!«, sagte der Vater.

»Womit verführt man die jungen Mädchen?«, fragte Umut. »Mit dem Saubermachen der Küche?«

»Du hast keine Ahnung!« Sein Vater hob jetzt die

Stimme so, wie es Umut kannte. »Du bist dumm und naiv, halt dich von diesen Leuten fern, denn sie werden versuchen, auch dich zu verführen!«

»Mich?« Umut wurde jetzt auch lauter. »Wieso mich? Ich bin doch kein Mädchen, oder?«

»Das nicht, aber du bist ein hübscher Junge. Für solche Leute ist es das Gleiche!«

Umut war ganz bleich geworden. Diese Verachtung aus den Worten seines Vaters! Nicht nur gegen ihn, sondern gegen alle, die nicht so waren wie er.

Er biss die Zähne zusammen, und als er vom Tisch aufstand, war er fest entschlossen.

ANFANG DEZEMBER

IRGENDWIE WAR DANN alles ganz schnell gegangen. Die Wut, die sein Vater mit seinen Worten über die Wohngemeinschaften ausgelöst hatte, hatte ihn zum Handeln getrieben. Alex, einer seiner Kumpels, der auch in einer WG wohnte, hatte beiläufig erzählt, dass bei ihnen ein Zimmer frei werden würde und dass sie jemanden suchten.

Am Tag nach dem Gespräch ging Umut schnurstracks auf Alex zu: »Wann wird denn das Zimmer bei euch frei?«

Alex schaute überrascht auf. »Es ist sehr kurzfristig, schon zum 1. Dezember. Deswegen finden wir ja auch niemanden so kurz vor Weihnachten.«

»Doch, mich!«

»Was? Du willst das Zimmer für dich?«

»Warum fragst du so doof? Willst du nicht, dass ich bei euch einziehe?«

»Doch schon, natürlich, aber ich hätte nie gedacht, dass du zu Hause ausziehst!«

»Warum nicht? Weil ich Türke bin?«

Alex wand sich. »Nein, doch, ich meine, bei euch ist ja irgendwie der Familienzusammenhalt doch so stark, dachte ich.«

»Irgendwie, dachtest du. Na ja, so unrecht hast du nicht, manches geht ein bisschen schwerer bei uns. Und wenn du es für dich behältst, verrate ich dir etwas: Ich werde zu Hause auch nicht ausziehen, ich werde bei euch zusätzlich einziehen.«

»Wieso das?«

»Weil es tatsächlich – jedenfalls in meiner Familie – schwer ist, zu Hause auszuziehen. Weil mein Vater der Meinung ist, dass Menschen, die sich eine eigene Wohnung nehmen, bevor sie verheiratet sind, nur unmoralische Absichten haben. Es gäbe nur unnötig Stress, wenn ich ausziehen würde, also ziehe ich bei euch ein, ohne zu Hause auszuziehen, die brauchen nicht zu wissen, dass ich noch ein Zimmer habe, verstehst du?«

Alex verstand. Noch am selben Abend stellte er ihn seinen beiden Mitbewohnern vor. Es gab vier Zimmer und eine gemeinsame Küche. Die Miete war erträglich, und so wurden die vier schnell handelseinig.

»Du wirst also nicht immer da sein«, stellte Jan noch einmal fest. »Das ist gar nicht schlecht, was die Benutzung von Bad und Toilette angeht.«

»Wie machen wir das denn mit dem Putzplan?«, fragte Marcel. »Ich meine, wenn du nicht immer da bist, wirst du auch nicht ein Viertel des anfallenden Putzens übernehmen wollen.«

»Ihr teilt mich einfach ein«, sagte Umut, »ich halte mich dann an die Putzpläne!«

»Na supi! Dann herzlich willkommen in der Bruchbude!«, sagte Marcel.

Als Umut die Wohnungsschlüssel in der Tasche spürte, konnte er es nicht fassen, dass sein Traum in Erfüllung gegangen war. Es war der 4. Dezember, der Tag der heiligen Barbara. Er ging feierlich in die Stadt und kaufte einige Kirschzweige, die er ins Wasser stellte, damit sie Heiligabend aufblühten. Die stellte er in sein völlig kahles Zimmer und überlegte, wie er es gestalten wollte. Das Zimmer war nicht schlecht geschnitten, mit einem großen Fenster und sogar einem Balkon. Übernachten würde er hier erst einmal nicht, also brauchte er vorerst auch kein Bett, sondern nur das, was aus diesem Zimmer ein echtes Weihnachtszimmer machen würde. Übermorgen, am Nikolaustag, wollte er seinen Mitbewohnern etwas Schönes in die Stiefel stecken, aber jetzt musste er erst einmal einkaufen gehen.

Umut war richtig glücklich. Sein Traum war wahr geworden, er hatte sein Zimmer, sein eigenes Zimmer, das er schmücken und gestalten konnte, so wie er es wollte. Sein Weihnachtszimmer! Man muss sich eine Sache halt nicht nur wünschen, dachte er, man muss auch den Mut aufbringen zu handeln. Ich habe es geschafft! Ich habe es geschafft! So summte es in ihm. Ab jetzt wird es nur noch schön sein!

7. DEZEMBER

DIE NIKOLAUSÜBERRASCHUNGEN waren gelungen, seine Mitbewohner waren echt gerührt gewesen, sie hatten ihrerseits Umut auf den Weihnachtsmarkt eingeladen, und er hatte die Einladung gerne angenommen. Bei der Gelegenheit hatten sie darüber gesprochen, wer Heiligabend in der gemeinsamen Wohnung sein würde, es stellte sich heraus, dass alle bei ihren Eltern sein würden. »Du bist doch auch nicht da, oder?«, fragte Alex.

»Nein, natürlich nicht«, antwortete Umut. Ich werde also allein da sein, dachte er, aber er hütete sich, sein Geheimnis preiszugeben.

Über so viel Unvermutetes, aber Angenehmes hatte er glatt die Dekoration bei den Rohowskys vergessen. Oma Rohowsky hatte ihn schon auf der Treppe angesprochen: »Hast du uns vergessen, Umut?«, hatte sie gefragt. »Wir warten auf ›Weihnachten in der Provence‹!«

Umut schämte sich ein bisschen. »Morgen, Oma Rohowsky, versprochen«, hatte er gesagt. Und so war er heute Abend bei den Rohowskys. Als er nach drei Stunden fertig war, sah das alte Wohnzimmer der Rohowskys aus wie aus einer Designzeitschrift.

»Den Weihnachtsbaum hole ich euch nächste Woche«, sagte er, »der ist zu schwer für dich, Opa, und dann schmücke ich ihn auch gleich noch. Ich weiß nämlich nicht, wie viel in der letzten Woche im Kaufhaus los sein wird. Ist euch das recht?«

»Uns ist alles recht«, sagte Maria Rohowsky, »wenn ich mir die Pracht hier ansehe. So schön habe ich mir das nicht vorgestellt. Also, Umut, ich halte mal fest: Du kannst das! Mein Kompliment!«

»Wirklich, gefällt es euch?«, fragte Umut mit rosigen Wangen.

»Ob es uns gefällt? So schön war dieses alte gammlige Wohnzimmer seit Jahrzehnten nicht mehr!«

Wenn ihr erst mein Weihnachtszimmer sehen könntet, dachte er. Es war schade, dass Oma und Opa Rohowsky sein Weihnachtszimmer nicht sehen konnten. Er hätte die beiden alten Leutchen so gern eingeladen, aber dann hätte er ihnen alles offenbaren müssen. Es wäre ihm total peinlich gewesen, den beiden zu gestehen, dass er sich ein eigenes Zimmer angemietet hatte, um Weihnachten zu feiern.

14. DEZEMBER

SEIN ZIMMER sah wirklich grandios aus. In den letzten zwei Wochen hatte er jede freie Minute hier verbracht. Zu Hause hatte er etwas von Überstunden erzählt und bei der Arbeit etwas von der kranken Oma.

Aber jetzt sah es so aus, wie er es sich vorgestellt hatte. Doch »very British«? Nein, das war weit mehr als »very British«, das war »very Umutish«. Er lachte über seine eigene Wortschöpfung. Er hatte sich das perfekte Weihnachtszimmer komponiert. Die Dekoration war wirklich gelungen, der Weihnachtsbaum so geschmückt, wie er sich das immer ausgemalt hatte, überall standen Kerzen, die, wenn man sie anzündete, das Zimmer in ein besonderes Licht einbetteten. Die CDs mit der Weihnachtsmusik lagen bereit, der Weihnachtsteller mit Äpfeln, Nüssen, Feigen, Zimtsternen. Und das alles gab dem Zimmer auch den besonderen Duft, den er als »Weihnachtsduft« bezeichnete und der ihm die Seele öffnete.

15. DEZEMBER

»**DU REDEST DIESES** Jahr gar nicht von Weihnachten«, sagte sein Vater beim Abendessen. »Und dieses Jahr stellst du auch nicht dieses Zeug auf, das ich all die letzten Jahre hinter dir wegräumen musste.«

»Der tobt sich bei der Arbeit aus«, lachte Ayla. »Wart ihr nicht mal im Kaufhaus in Umuts Abteilung? Da weihnachtet es von morgens bis abends. Wenn er dann nach Hause kommt, ist Schluss mit lustig!«

Umut schwieg.

»Ach ja, bei den Rohowskys hat er auch geschmückt, aber das wisst ihr ja bereits!«

Tatsächlich hatte Maria Rohowsky es nicht lassen können, Hülya herüberzubitten, um ihr zu zeigen, was ihr Sohn vollbracht hatte.

»Er ist künstlerisch sehr begabt«, hatte sie zu Hülya gesagt. »Ihr müsst dafür sorgen, dass er seinen Meister macht und sich weiterbildet!«

Hülya war stolz auf ihren Sohn, das Zimmer der Rohowskys hatte auch ihr ausnehmend gut gefallen.

»Ich finde, du hast das Zimmer der Familie Rohowsky wunderbar gestaltet«, sagte Hülya jetzt zu ihrem Sohn. »Ich bin stolz auf dich!«

»Das ist gegen unsere Religion«, protestierte Arif.

»Die Dekoration?«, fragte Hülya kühl.

»Nein, alles, was mit Weihnachten zusammenhängt.«

»Das glaube ich nicht«, antwortete Hülya ganz sachte. »Schließlich erkennt der Islam Jesus als Propheten an, und dann kann es ja auch nicht schlimm sein, seine Geburt zu feiern, oder?«

»Aber er ist doch gar nicht im Dezember geboren«, stimmte Arif die alte Leier an.

»Was spielt das für eine Rolle, wann er geboren ist?«, zischte jetzt Hülya, fast giftig. »Es geht doch nicht darum, den genauen Tag zu feiern, es geht darum, die Geburt Jesu zu feiern, es ist uns ein Prophet geboren. Ist das nicht schön?«

»Nein, nein und nochmals nein. Du fängst auch schon an, wer hat dich denn missioniert, die Rohowskys?«

»Yetti be!« Hülyas Stimme zitterte. »Es reicht«, rief sie, nein sie schrie es. »Untersteh dich, auch nur ein böses Wort über Menschen zu verlieren, die uns jahrelang zur Seite gestanden haben, die immer für uns da waren!«

»Aber der Imam sagt, dass alle Christen …«, versuchte Arif eine lahme Verteidigung.

»Sag deinem Imam einen schönen Gruß von mir, solche Hetze passt nicht zum Islam!« Hülyas Stimme zitterte, noch ein Wort, und sie hätte angefangen zu weinen. »Seit Jahren ertrage ich dein Gezeter und deine Bösartigkeit. Seit Jahren hoffe ich, dass es besser wird mit dir und deinem religiösen Wahn, aber es wird immer schlimmer, du bist ja nicht mehr in der Lage, selber nachzudenken, wobei es damit auch in deiner Jugend nicht zum Bestem bestellt war, aber inzwischen schaltest du deinen Verstand gar nicht mehr ein!«

Arif wollte widersprechen, aber Hülya ließ ihm keine Zeit dafür. »Ach, halt doch den Mund«, rief sie, »ich will deinen altbekannten Quatsch nicht hören! Denn etwas Neues wirst du sowieso nicht sagen, sondern den immergleichen Käse, dass wir uns vorsehen müssen, dass alle Christen darauf warten, uns zu missionieren, dass es nur zu unserem Besten ist, dass du uns nur schützen willst, hier auf dieser Welt und im Jenseits mit dazu! Aber ich brauche deinen Rat und deinen Schutz nicht, hast du mich verstanden? Ich habe es nie gebraucht und kenne die Rohowskys auch ohne deine Kommentare!«

Alle waren ganz still, es blieb ihnen auch nichts anderes übrig, denn Hülya war wie eine Feuerwalze, die über alles hinwegredete.

Arif war völlig durcheinander, denn so kannte er seine Frau nicht. Er wusste, dass sie in vielen Dingen, und vor allem in religiöser Hinsicht, seine Meinung nicht teilte. Er wusste auch, dass sie sich ein anderes Leben gewünscht hatte, für sich und auch für ihn; dass sie es oft genug bereut hatte, ihn geheiratet zu haben, wobei es ihm nicht anders erging. Aber sie drückte ihre Missbilligung zumeist durch Schweigen aus, und das war ihm sehr recht. Und sie hatte es in den letzten Jahren aufgegeben, aus diesem Leben ausbrechen zu wollen, und er hatte ihre Resignation als Akzeptanz interpretiert. Es war das erste Mal, dass sie so laut widersprach.

Auch Ayla war sehr erstaunt, auch sie hatte ihre Mutter nie anders erlebt als still und stumm. Normalerweise kratzte ihre Mutter nie am Feindbild ihres Vaters, sie widersprach nie, wenn ihr Vater wieder anfing, über die Nicht-Muslime herzuziehen; sie schwieg, oder sie wechselte das Thema. Aber heute hatte sie ihm nicht nur klipp und klar widersprochen, sie hatte ihn auch zurechtgewiesen. Hatte sie ihre Mutter all die Jahre unterschätzt? Ayla war all die Jahre davon ausgegangen, dass ihre Mutter es nie wagen würde, ihrem Vater zu widersprechen. Sie verachtete ihre Mutter sogar, die immer nur von der Hoffnung auf ein anderes Leben gezehrt, aber nie die Courage besessen hatte, auch nur einen Traum zu verwirklichen. Sie wollte auf keinen Fall so werden wie ihre Mutter, nicht mal äußerlich wollte sie ihr ähnlich sein; das war auch mit der Grund, warum sie immer halb hungrig durchs Leben lief, um bloß nicht zuzunehmen, denn sie hatte ohne Zweifel ihre Gene geerbt, und die Mama war hübsch mollig. Ayla verband mit dieser Figur Passivität, Antriebslosigkeit und Schwäche. Und sie hatte das Gefühl, wenn sie zunehmen würde, dann würde sie wie ihre Mutter werden, unfähig, das eigene Leben selbst in die Hand zu nehmen.

Aber jetzt wirkte ihre Mutter ganz anders: Während sie ihrem Mann energisch widersprach, nahm Ayla die Mutter nicht mehr als dick und schwach wahr, sondern als stark und würdevoll. Komisch, es war doch dieselbe Frau, mit derselben Figur, aber sie war wie ausgewechselt.

Das war eine schwierige Situation für Ayla, denn meistens reichte es, Vaters Position zu unterstützen, um ohne Konflikte durchs Familienleben zu kommen, aber was wäre, wenn die Mutter in Zukunft eine eigene Position vertreten sollte? Das würde ihr Leben durchaus verkomplizieren, denn inhaltlich stand Ayla auch nicht hinter dem dummen Zeug, das ihr Vater daherredete.

Aber nicht nur Ayla war erstaunt, auch Umut traute seinen Ohren nicht. Wenn die Mama so sprach und so dachte, dann könnte er vielleicht doch …

Nach dem Essen ging Umut zu seiner Mutter. Sie war in ihrem Schlafzimmer und fühlte sich gerade sehr allein. Keines ihrer Kinder hatte etwas gesagt!

Sie nahm nicht an, dass die beiden genauso dachten wie ihr Vater, aber sie hatten sich wohl nicht getraut, ihr zur Seite zu springen, aus Angst oder was auch immer. Ich hätte viel eher den Mund aufmachen müssen, dachte sie, schon wegen meiner Kinder, ich habe geschwiegen, weil ich glaubte, sie brauchen ein harmonisches Elternhaus. Aber es war ein Fehler. Denn erstens war das kein harmonisches Elternhaus, sondern eines, in dem aus Angst geschwiegen wurde. Hatte sie Angst vor ihrem Mann? Sie musste lächeln. Nein, sie hatte ganz sicher keine Angst vor ihrem Mann, sie hatte nur Verachtung für ihn, und geschwiegen hatte sie aus purer Bequemlichkeit. Was war aus ihr geworden? Aus ihr, die vor zwanzig Jahren diesen Mann geheiratet hatte, um nach Europa zu gehen, um zu studieren, um die Welt aus den Angeln zu heben. Sie war als verbitterte, frühzeitig gealterte Frau geendet, die aus lauter Bequemlichkeit den Mund hielt. Jetzt spürte sie auch eine gewisse Verachtung für sich selbst. Denn die Konsequenzen hatte nicht nur sie zu tragen, sondern auch ihre Kinder hatten damit zu leben, die waren zu Duckmäusern geworden, die – wider besseres Wissen – dem Vater nicht widersprachen. Halt! Umut versuchte es ja, aber hatte sie ihn je unterstützt?

»Mama«, sie drehte sich um und sah Umut, der ganz leise ins Zimmer getreten war. »Mama, ich muss dir was sagen!«

Umut beichtete seiner Mutter alles. Er erzählte ihr von seiner Verzweiflung, nicht Weihnachten feiern zu dürfen, von seiner Idee mit dem WG-Zimmer, wie er es geschmückt hatte und was er vorhatte.

»Aber jetzt ist alles anders«, sagte er. »Mama, ich will, dass wir Heiligabend zusammen feiern. Du kommst mit, und wir beide feiern Weihnachten!« Er strahlte. Vielleicht, weil er Weihnachten feiern würde. Vielleicht aber auch, weil er es nicht mehr heimlich machen musste. Wenigstens seine Mutter wusste Bescheid.

»Ja, warum eigentlich nicht?«, sagte Hülya. »Das ist eine gute Idee, aber zuerst will ich mal dieses Zimmer sehen, wer weiß, vielleicht habe ich ja auch noch eine Idee für Heiligabend!«

19. DEZEMBER

UMUT WARTETE VOR dem Kaufhaus auf seine Mutter, gleich wollten sie sich treffen und zusammen in seine Wohnung fahren. Seitdem seine Mama eingeweiht war, war es für Umut nicht mehr nur ein heimliches Weihnachtszimmer, sondern eine ganze »Wohnung«.

Wir gehen gleich in meine Wohnung! Es war ein richtig gutes Gefühl, allein diesen Gedanken zu haben.

Während er so dastand, völlig in seine Gedanken versunken, bemerkte er gar nicht seine Schwester. Auch Ayla war gerade in der Stadt unterwegs, sie hatte für ihre Freundinnen ein paar Weihnachtsgeschenke gekauft, was natürlich niemand wissen durfte. Na so was, dachte Ayla, da gehe ich extra nicht in dieses Kaufhaus, damit mich Umut nicht beim Weihnachtsshoppen erwischt, und dann steht er vor der Tür. Sie behielt ihn im Auge und verbarg sich dabei, um nicht von ihm gesehen zu werden. Was war das? Jetzt kam ihre Mutter auf Umut zugelaufen, die beiden umarmten sich und liefen auch schon los.

Ayla wäre nicht Ayla, wenn sie nicht ein Näschen für außerordentliche Vorkommnisse hätte. Und das hier war ein außerordentliches Vorkommnis. Wo gingen sie denn hin? Einkaufen gingen sie sicher nicht, denn das hätten sie in Umuts Kaufhaus erledigt, was oft genug vorkam. Ayla beschloss, den beiden zu folgen.

Sie liefen rasch durch die Innenstadt, in Richtung eines unter jungen Leuten beliebten Stadtteils, bogen, da angekommen, in eine ruhige Seitenstraße und betraten dann ein schönes altes Haus.

Ayla kannte niemanden aus der Familie und dem Bekanntenkreis ihrer Eltern, der dort wohnte. Neugierig trat sie an die Türklingel. Es war ein Haus mit sieben Wohnungen, in welcher waren die beiden verschwunden? Sie blickte an dem Haus hoch, musste aber über sich lachen: Als ob sie sehen könnte, wo das Licht angehen würde. Es war später Nachmittag, und in allen Wohnungen brannte Licht.

Sie trat noch einmal an das Klingelschild, auf dem ausschließlich deutsche Namen standen. Ihre Mutter hatte doch, außer den Rohowskys, keine deutschen Bekannten, und es war unwahrscheinlich, dass Umut sie zu seinen Freunden mitnahm.

Die Sache war Ayla so wichtig, dass sie beschloss, so lange zu warten, bis die beiden wieder herauskommen würden. Womit sie sich Zeit ließen. Als sich Mutter und Bruder nach einer guten Stunde wieder blicken ließen, war Ayla völlig durchgefroren. Sie fluchte, und wieder ging sie Umut und Hülya nach, verließ aber die Fährte, als sie merkte, dass die beiden nach Hause fuhren.

In Umuts Wohnung hatte Hülya das Zimmer inspiziert und war voll des Lobes gewesen. Umut konnte sein Glück nicht fassen, seine Mutter hatte nicht nur nicht geschimpft, weil er sich ein eigenes Zimmer genommen hatte, sie hatte die Lage der Wohnung, seine Mitbewohner und das schöne Weihnachtszimmer sehr gelobt.

Sie hatten zusammen in der Küche Tee getrunken und sich ein bisschen unterhalten. Eine Frage aber ging ihr unentwegt durch den Kopf, und die musste sie jetzt auch stellen.

»Ich muss dich was fragen«, fing Hülya vorsichtig an. »Versteh mich bitte nicht falsch, es ist nicht so, dass ich dir das Zimmer und die Weihnachtsvorbereitungen nicht gönne, ich will es nur verstehen. Was genau findest du an Weihnachten so schön, dass du dir so viel Mühe gegeben hast? Ich denke, das war alles nicht einfach, hier diese zugegeben nette Wohngemeinschaft zu finden, das Zimmer anzumieten, die ganze Deko herzuschleppen, alles zu schmücken, und das alles ganz heimlich. Warum machst du das?«

Umut schaute sie an, ein bisschen scheu, in Sorge, seine Gedanken nicht in Worte fassen zu können. »Weißt du, Weihnachten ist für alle da, jedenfalls denke ich das. Wenn Weihnachten ist, habe ich das Gefühl dazuzugehören, ich bin dann nicht mehr allein. Es kann auch nichts Falsches dabei sein, denke ich, das Fest zu feiern. Ich meine, ich nehme ja den muslimischen Festen nichts weg, wenn ich dieses christliche mitfeiere. Die meiste Zeit denke ich ja auch gar nicht daran, dass das ein christliches Fest ist. Ich denke nur, dass es schön ist, wenn alle zusammen Lieder singen oder sich Geschenke machen. Und am schönsten ist es, gemeinsam weihnachtlich zu fühlen!«

Umut wirkt so ungezwungen, so heiter, wie eine Pflanze, die genau an dem Ort steht, wo sie aufblühen kann, dachte Hülya. Er ist wie ausgewechselt. Dieses Gezwungene, dieses Kontrollierte ist von ihm abgefallen. Warum haben wir ihm das nicht zu Hause gegönnt?

»Bist du wirklich nicht böse?«, fragte jetzt Umut zum hundertsten Mal.

»Ich bitte dich, warum sollte ich böse sein? Es ist völlig in Ordnung, dass du dein eigenes Leben lebst. Ich finde, du solltest nach Weihnachten darüber nachdenken, ob du nicht ganz dahin ziehst!«

»Willst du mich loswerden?« Das ging Umut jetzt doch zu schnell.

»Na klar«, lachte seine Mutter, »ich will das Zimmer für mich herrichten!«

»Brauchen wir noch was für den 24.?«, fragte Umut lächelnd?

»Wenn mir noch was einfällt, bringe ich es mit, aber ich glaube, alles ist perfekt«, sagte seine Mutter.

18. DEZEMBER

SEIT ZWEI TAGEN grübelte Ayla, wo ihre Mutter und Umut gewesen sein könnten. Wen hatten sie besucht? Hatte Umut heimlich eine Freundin, von der der Vater nichts wissen durfte und die vielleicht mit ihren Eltern dort wohnte? Dann aber war sie eindeutig eine Deutsche, denn an der Klingel hatten nur deutsche Namen gestanden. Wo hatten sie geklingelt? Aus Angst, erwischt zu werden, hatte Ayla sich nicht so nah an die beiden herangetraut.

Die Neugier ließ ihr keine Ruhe. Bei Tisch hatte sie ein paar Andeutungen gemacht, Richtung deutsche Freundin, aber der Einzige, der aufgeschaut hatte, war der Vater gewesen. Komischerweise hatten weder ihre Mutter noch Umut die geringste Gefühlsregung gezeigt. Entweder waren die beiden echt ausgebufft, oder sie war auf der falschen Fährte. Doch was sonst hatten die beiden da zu suchen gehabt?

Am frühen Nachmittag bezog Ayla wieder Posten vor dem Haus. Sie war gerade im Begriff, die Kälte und ihre Neugier zu verfluchen, da sah sie Umut kommen. Volltreffer! An beiden Armen hingen volle Tüten – alles für die junge Dame!

Diesmal rückte sie näher, sie wollte unbedingt sehen, welche Klingel er drückte. Wenn er sich jetzt umdrehte, hatte sie Pech gehabt, aber Umut drehte sich nicht um. Allerdings klingelte er auch nirgends. Stattdessen holte er einen Schlüssel aus der Tasche und öffnetet die schwere Tür, die dann schallend hinter ihm zuschlug.

Umut hatte bereits einen Schlüssel für die Wohnung, dann musste es ja mit den beiden ganz schön weit sein! Triumphierend ging sie nach Hause.

23. DEZEMBER

»WIR FEIERN BEI mir!« Seit klar war, dass sie Heiligabend bei ihm verbringen würden, erzählte Umut allen leichten Herzens, dass die Familie bei ihm feiern würde. Er hatte die Feier einfach auf alle Familienmitglieder ausgedehnt. Jetzt schauten ihn die anderen auch nicht mehr so komisch an, wenn er kistenweise Lebensmittel anschleppte für Heiligabend.

»Du bist schon ein merkwürdiger Vogel«, sagte Marcel, »dass du dir die Mühe machst und alle zu dir einlädst.«

»Das ist für mich keine Mühe, das ist für mich die reine Freude!«

Umut hatte alles vorbereitet. Die gesamte Dekoration war perfekt, die Lebensmittel, die Kerzenvorräte, die Servietten, die Musik. An alles war gedacht.

Er hatte Geschenke gekauft, für seine Mutter und auch für sich. Denn sollte seine Mutter nicht daran gedacht haben, ihm etwas zu kaufen, wollte er sie nicht beschämen. Außerdem war das nicht passend für seinen allerersten Heiligabend, dass er nichts geschenkt bekommen sollte. Also hatte er sich selber Geschenke gekauft, packen lassen – Er wollte nicht die eigenen Geschenke verpacken! – und sie ebenfalls unter den Baum gelegt, zusammen mit den Geschenken für seine Mutter.

Sie waren nicht sonderlich phantasiereich, die Geschenke. Die Mutter bekam die üblichen Kosmetika, Duft und Seife, dazu einen Seidenschal und eine große Tüte Gummibärchen, weil sie die so gerne aß. In letzter Zeit hatte sein Vater zu Hause auch die Gummibärchen verboten, weil der Imam gesagt habe, dass in den Gummibärchen Schweinegelatine sei, was das Gummibärchenessen zu einer großen Sünde machte.

Wenn Gott so groß ist, dachte Umut, und so erhaben, dann kann er sich doch nicht damit beschäftigen, ob meine Mama Gummibärchen isst oder nicht. Das kann doch nicht wichtig sein für Gott. Meine Mama ist ein guter Mensch, sie tut niemandem etwas zuleide, sie lügt nie – na ja, fast nie, abgesehen von ein paar Notlügen – und tut nichts Böses. Da soll sie wegen ein paar Gummibärchen in die Hölle kommen? Das leuchtete ihm nicht ein, also hatte er eine riesige Tüte Weingummi zusammengeschaufelt. Sie würde sich bestimmt darüber freuen.

Für sich hatte er einen Pullover gekauft, den er schon die ganze Zeit haben wollte, sozusagen als »Mama-Geschenk«.

Er schaute sich noch einmal im Zimmer um, es war alles so weit fertig, im Schrank hingen die Sachen, die er morgen Abend anziehen wollte, denn er wollte nach der Arbeit direkt in die »Weihnachtswohnung« kommen, bevor dann seine Mutter eintraf.

Er ging noch einmal in die Küche, auch hier war alles vorbereitet für den ersten eigenen Weihnachtsabend in seiner Wohnung, sogar einen Weihnachtstee hatte er besorgt. Die Mama trank gern schwarzen Tee, aber morgen Abend musste es eben der Weihnachtstee sein.

War das alles zu viel? Übertrieb er vielleicht ein wenig mit all der Weihnachtlichkeit? Nein, nein, jetzt, wo Mama dabei war, war alles gut und richtig, es war keine Kopie mehr, es war wahrhaftig Weihnachten.

Er schloss die Tür sorgfältig ab und fuhr dann nach Hause. Ach, er fühlte sich inzwischen in seiner neuen Wohnung viel mehr zu Hause, aber jetzt musste er dahin.

24. DEZEMBER

UMUT FUHR SEHR früh zur Arbeit. Eine unglaubliche Vorfreude breitete sich in seinem Herzen aus. Heute würde er Weihnachten feiern.

Als er die Kunden bediente, die in aller Eile die letzten Geschenke kauften, hatte er – im Gegensatz zu früheren Jahren – das Gefühl, Teil eines Ganzen zu sein. Heute war er nicht mehr Dienstleister für eine andere Welt, sie gehörten alle zusammen. Und wenn er den Kunden »Frohe Weihnachten!« zurief und diese »Ihnen ebenso!« antworteten, war es kein Austausch von Floskeln wie in den vergangenen Jahren, sondern ein wahrer Segenswunsch.

Gegen 15 Uhr konnte er endlich Feierabend machen und eilte zu seinem neuen Zuhause. Seine Mutter würde gegen halb fünf kommen, so war es verabredet.

Auch Hülya war den ganzen Morgen voller Vorfreude gewesen, sie konnte sich nicht einmal erklären, warum. Weil sie ihrem Kind eine Freude machte? Weil sie es ihrem Mann zeigte, auch wenn er es nie erfahren würde? Weil sie endlich das tat, was sie für richtig hielt?

Gegen Mittag ging sie schnell rüber zu den Rohowskys und gab ihnen ihre Geschenke. Das machte sie seit Jahren, und obwohl Arif das wusste, hielt er den Mund. Sie durfte noch einmal die Pracht bewundern, die ihr Sohn erschaffen hatte, und schon nach einer halben Stunde war sie wieder in ihrer Wohnung.

Sie machte sich schön, nahm ihre Geschenkpakete und verließ das Haus. Sie hatte sich weder beim Ehemann noch bei der Tochter abgemeldet. Zum ersten Mal nicht. Und jeden Gedanken an die Folgen, wenn die beiden sie zu Hause nicht antrafen, hatte sie weggewischt, ja sie hatte es sich verboten, darüber weiter nachzudenken.

Sie merkte, dass sie aufgeregt war, so als würde sie etwas Verbotenes machen. Als würde ich durchbrennen, dachte sie und wurde traurig. Das sind nur noch kleine Fluchten, ich hätte vor zwanzig Jahren durchbrennen sollen!

Als Ayla gegen vier nach Hause kam, fand sie die Wohnung leer vor. Sie wunderte sich ein wenig, nahm dann an, dass Mutter und Bruder wie jedes Jahr bei den Rohowskys saßen, um ihr Ersatzweihnachten zu feiern, wie sie leicht verächtlich dachte. Sie ging in ihr Zimmer und schaltete den Fernseher ein, um die Zeit bis zum Abendessen totzuschlagen.

Umut war in Windeseile in die WG geflitzt, hatte sich geduscht und umgezogen, als es an der Tür klingelte. Er schaute auf die Uhr: Es war gerade vier Uhr. Seine Mutter hatte sich auch beeilt. Und wie schick sie aussah! Sie trug ein neues Kleid, viel eleganter als sonst. Das Kopftuch hatte sie zwar nicht abgenommen, aber sie hatte es ganz anders gebunden. Sie wirkte so – Umut suchte nach Worten – en vogue. Ja, en vogue. Ein Ausdruck, den er im Zusammenhang mit seiner Mutter nie benutzt hatte.

»Mama, du siehst toll aus, aber du bist zu früh, ich habe noch nicht alles vorbereiten können.«

»Hallo, mein Schatz, deswegen bin ich ja früher gekommen, damit wir das zusammen tun können.«

Das stimmte nicht ganz, denn Hülya hatte es zu Hause nicht mehr ausgehalten. Hülya legte ihre Geschenke ebenfalls unter den Weihnachtsbaum und sah zu ihrer Überraschung, dass dort bereits einige Pakete lagen.

Dann machten sie zusammen den Tee, zündeten die Kerzen an und schnitten den Kuchen auf, der wie ein Baumstamm aussah. Er war mit Schokoladencreme überzogen und mit roten Marzipanpilzen und grünen Marzipanblättern geschmückt.

»Was ist das denn für ein Kuchen?«, fragte Hülya, die einen Stollen erwartet hatte.

»Das ist ein Bouche, ein französischer Weihnachtskuchen, den habe ich bei uns im Kaufhaus gefunden und gekauft, weil er so aussieht wie die türkischen Kuchen, und da dachte ich, dass er dir besser schmecken würde als so ein deutscher Stollen.«

»Du, ich glaube, ich habe diesen Kuchen auch vor

zwei Jahren in der Türkei gesehen, dort scheint er sehr beliebt zu sein.«

»Siehst du, ich kenne den türkischen Geschmack!« Seine Mutter sollte sich wohl fühlen, sie sollte nicht fremdeln, und mit dem Kuchen hatte Umut einen guten Anfang gemacht. Das freute ihn sehr.

»Schau doch mal, was ich alles zu essen mitgebracht habe. Ich weiß zwar nicht, ob das, was ich gekocht und gebacken habe, zu Weihnachten passt, aber ich weiß, dass du das alles sehr gerne isst!«

Umuts Augen leuchteten. Seine Mutter hatte einen riesigen Korb dabei, voller Leckereien. »Mama, das passt wunderbar. Wir können ja noch den ganzen Abend essen! Wollen wir zuerst meinen Kuchen probieren und dann unsere Geschenke auspacken?«

Hülya brannten die Augen. Umut war ein Kind, wenngleich ein großes, aber er war ein Kind, das mitmachen wollte, und jetzt wollte dieses Kind Weihnachten spielen, das erste Mal in seinem Leben. Hülya fragte sich, warum sie es ihren Kindern nicht gestattet hatten, all die Jahre Weihnachten zu feiern. Was wäre schon dabei gewesen? Es war so leicht, und hätten sie es erlaubt, hätte Umut jetzt sicher nicht diesen Nachholbedarf. »Wer weiß, wozu es gut ist?«, pflegte ihre Mutter bei jeder Gelegenheit zu sagen, und wahrscheinlich hatte sie recht. Alles war irgendwann zu irgendetwas gut, sicherlich hatte auch diese kleine Feier von Mutter und Sohn, hier und jetzt, nach Jahren des Weihnachtsverbotes, ihren höheren Sinn.

»Ich finde die Reihenfolge gut«, antwortete Hülya. »Wir sollten erst den Kuchen essen und den Tee trinken und dann uns die Geschenke anschauen. Wenn du wüsstest, was du alles bekommst!«

»Was denn?«, fragte Umut voll kindlicher Neugier.

»Jetzt warte mal ab, du wirst schon sehen.«

Sie setzten sich an den Küchentisch, und Umut schenkte ihnen Tee ein. Die beiden versuchten über Belanglosigkeiten zu reden, aber es lag eine Spannung in der Luft, die sie fast mit der Hand greifen konnten.

»Mama, bist du heute Abend gerne hier?«, fragte Umut unvermittelt.

Ertappt sah Hülya hoch. »Aber ja, sonst wäre ich doch nicht gekommen!«

»Ja doch, mir zuliebe. Aber bist du gerne hier? Ich meine, wolltest du Weihnachten feiern, oder bist du mir zuliebe gekommen?«

Hülya überlegte. Ja, warum war sie just in diesem Moment hier?

Um Weihnachten zu feiern? Um ihrem Kind einen Gefallen zu tun? Oder um Arif eins auszuwischen? Wenn sie ehrlich war, dann hatte Weihnachten für sie nicht den Stellenwert wie für Umut. Aber sie war Mutter und spürte, dass sie ihren Kindern all die Jahre nicht gerecht geworden war. Sie hatte ihnen die kleinen und die großen Freuden des Lebens vorenthalten. Vor allem hatte sie nicht energischer gegen Arif Widerstand geleistet, als er ihren Kindern die Erfahrungen der Altersgenossen untersagte. »Wir sind anders!«, hatte es immer geheißen, wenn es darum ging, den Kindern etwas zu verbieten. Vielleicht hätte es »wir sind genauso« heißen müssen.

Sie sah Umut lange an, bevor sie sagte: »Ich bin heute Abend hier, weil ich dich liebe und weil ich mit dir zusammen Dinge erleben möchte, die dir Freude machen! Reicht dir das als Erklärung?«

Umut stand auf und umarmte seine Mutter. »Danke, Mama!«

Die Spannung hatte sich gelöst.

»Komm, jetzt packen wir unsere Geschenke aus!«

»O ja!«

Sie gingen in Umuts Zimmer, das »very British«, oder vielmehr »very Umut-ish« war. Hülya war leichtsinnig mit dem Geld gewesen. Sie hatte für Umut all das gekauft, wovon sie wusste, dass er sich wünschte, aber sich nicht leisten konnte: Klamotten, Bücher, einen Fotoapparat, ein Portemonnaie. Für sich selbst hatte sie auch ein kleines Geschenk gekauft, in der Sorge, Umut würde daran nicht denken und dann beschämt dasitzen. Die beiden lachten, als sie ihre eigenen Geschenke auspackten.

»Wir sind uns sehr ähnlich, nicht wahr, Mama?«, lachte Umut.

»Ja, wir sind uns sehr ähnlich«, gab Hülya zu, »und deswegen beschämt es mich, gedacht zu haben, dass du mich vergessen haben könntest!«

»Jetzt hören wir mit der gegenseitigen Beschämung auf, und ich lege uns jetzt ganz tolle Musik auf!«

»Ja, bitte, ich warte darauf. Ist das der Schlusspunkt der Feier, oder kommt noch was?«

Ja, es sollte noch etwas kommen. Doch dass der Höhepunkt des Abends noch bevorstand, wussten in dem Moment weder Umut noch Hülya.

HEILIGABEND

ES WAR SCHON nach sechs Uhr, als Arif nach Hause kam. Auch er hatte Heiligabend gearbeitet genau wie Umut, bei ihm war der Grund allerdings ein anderer gewesen, Heiligabend war auch ihm nicht egal, denn die Feiertagszuschläge konnten sie gut brauchen.

Es war dunkel, als er die Wohnung betrat. »Hallo, ist niemand zu Hause?«, rief er.

Seine Tochter kam aus ihrem Zimmer. »Ach, du bist es, Papa, wie spät ist es denn?«

»Es ist schon fast halb sieben, wo ist denn deine Mutter? Und Umut?«

»Was, so spät schon? Ich dachte, die beiden seien bei den Rohowskys, aber ich bin schon seit vier zu Hause, und da dachte ich, sie seien rübergegangen, wegen Heiligabend und so. Dann habe ich mich vor den Fernseher gesetzt und muss die Zeit vergessen haben. Glaubst du, dass sie so lange bei den Rohowskys bleiben?«

»Keine Ahnung. Bist du so gut und klingelst mal bei denen?«

»Das ist ja megapeinlich. Was soll ich denn dann sagen?«

»Du kannst ihnen doch zu Weihnachten gratulieren, schließlich beschenken sie dich zu Nikolaus immer noch, oder?«

»Aber du sagst doch immer, wir sollten am besten die Süßigkeiten zurückbringen …«

»Gehst du jetzt rüber? Ich habe Hunger!«

»Ist ja gut …« Ayla machte ein Gesicht, das ihrem Vater ihren Missmut deutlich zeigen sollte.

Eigentlich war es ihr peinlich, zu den Rohowskys zu gehen, weil sie sich seit Monaten nicht mehr bei ihnen hatte blicken lassen. Und bedankt hatte sie sich für die Nikolaussüßigkeiten auch nicht. Aber ihr war auch klar, dass ihr Alter sich drüben gar nicht blicken lassen konnte. Widerwillig ging sie über den Flur und klingelte bei den Nachbarn.

Maria Rohowsky öffnete die Tür, vom Wohnzimmer drangen weihnachtliche Musik und Kerzenduft herüber.

»Guten Abend, Frau Rohowsky, ich wollte Ihnen und Ihrem Mann frohe Weihnachten wünschen!«

Frau Rohowsky freute sich sichtlich. »Das ist aber nett, Ayla, komm doch rein.«

»Ich will nicht stören …«

»Aber nein, du störst doch nicht!« Eigentlich hatte Ayla erwartet, dass Frau Rohowsky weiterreden und sagen würde: »Deine Mama und Umut sind auch da«, aber es passierte nichts dergleichen. In Bruchteilen von Sekunden war Ayla klar, dass ihre Mutter und ihr Bruder nicht da waren, aber es war zu spät, um nicht einzutreten.

So folgte sie Maria in das weihnachtlich geschmückte Wohnzimmer.

»Ja, wen haben wir denn da?«, sagte jetzt Herr Rohowsky, ebenfalls erfreut. »Komm rein, mein Mädchen, und schau mal, wie schön es bei uns geworden ist durch die Hand deines Bruders!«

Ayla wünschte auch Heinz Rohowsky frohe Weihnachten und betrachtete die Dekoration. Das Zimmer sah wirklich toll aus. Styling konnte Umut, sie hatte ihn ein paar Mal um Rat gefragt bei ihrer Kleidung, aber Umut hatte klipp und klar festgestellt, dass mit dem Kopftuch und den Klamotten, die sie dazu kaufte, Styling nicht zu machen sei, jedenfalls nicht so, wie sie sich das erhoffte. »Du musst schon das Kopftuch abnehmen und dich von diesem sogenannten islamischen Schick freimachen, wenn du gut daherkommen willst«, hatte er gesagt.

Wie gern hätte sie sich schick gemacht. Das Kopftuch trug sie nur, um den Vater zu besänftigen. Beides zugleich ging nicht, Frieden und Style. Sie hatte sich für den Frieden entschieden.

»Deine Mama war heute Vormittag auch schon da«, hörte sie Maria Rohowsky sagen, »und Umut ja schon gestern. Jetzt fehlt nur noch dein Vater. Früher ist er auch immer gekommen.«

Ayla blieb eine Viertelstunde sitzen, aß aus Höflichkeit ein Stück Stollen, und dann ging sie zurück in ihre Wohnung.

»Wo bleibst du nur?«, schimpfte der Vater. »Und wo sind Mama und Umut?«

»Du hast mich rübergeschickt«, schimpfte jetzt Ayla zurück, »und ich bin gegangen. Somit musste ich auch ein wenig dort bleiben, oder? Ich hätte ja schlecht sagen können, wir suchen nur meine Mutter und Umut, die sind nämlich Heiligabend verschwunden.«

»Waren sie nicht bei den Rohowskys?«, fragte Arif ein wenig dämlich.

»Nein! Oder hast du gedacht, die sind dageblieben und ich bin alleine zurückgekommen?«

»Aber wo sind sie? Heute, an diesem Abend?«

»Keine Ahnung, vielleicht bei der Oma?«

Arif telefonierte alle in Frage kommenden Verwandten durch, vergeblich. Inzwischen war es halb acht, Vater und Tochter war klar, dass irgendetwas nicht stimmte. Das war keine Verspätung, zumal es keinen Grund für eine Verspätung gab.

Arif spürte, wie die Angst sein Herz langsam umklammerte. Seine Frau und sein Sohn waren verschwunden. Erst dachte er an einen Unfall oder Ähnliches, aber das ergab keinen Sinn. Auf den Straßen war kein Mensch anzutreffen, es fuhren auch keine Autos mehr.

Die Heiligabendruhe hatte die Stadt erfasst, eine Ruhe, die es so nur in Deutschland und nur an diesem Abend gab. Frieden und Ruhe in der Stadt und eine Chance für die Menschen, sich dem Frieden und der Ruhe zu überlassen.

Arif war kein Intellektueller, und Denken war nicht seine Stärke, deswegen saß er da und hatte überhaupt keine Idee, wo seine Frau und sein Sohn sein könnten. Aber er wusste, dass er Angst hatte, es war das erste Mal, dass sie weg waren, einfach weg. Konnte es sein, dass sie so einfach verschwanden aus seinem Leben? Er hatte sich einreden lassen, dass es möglich sei, Menschen zu kontrollieren und zu beherrschen. Über sie Macht zu haben. Dass man sogar bestimmen könne, was sie dachten und sagten. In diesen Momenten wusste er, dass diese Macht eine verlogene war, eine eingebildete. Es gab keine Macht über die Herzen und die Gefühle der Menschen, vielleicht sagten sie nichts aus Angst oder Respekt, aber sie waren deswegen lange noch nicht überzeugt.

Jetzt waren seine Frau und sein Sohn weg, und sie hatten nicht mal eine Nachricht für ihn hinterlassen. Er dachte an seine Wutausbrüche bei Tisch, wenn es um Weihnachten ging. Sie hatten alle still dagesessen, und er hatte gehofft, dass sie seine Meinung früher oder später teilten. Das hatten sie wohl nicht getan, sie hatten nur den Mund gehalten; wahrscheinlich, weil er das Geld herbeischaffte. Er lachte bitter. Aber dann dachte er an den Ausbruch seiner Frau vor einigen Tagen, als es um die Rohowskys ging. Es war also doch nicht nur um das Geld gegangen, das er verdiente. Hatte er an dem Abend eine Grenze überschritten? Er war doch wichtig für seine Familie, als Ernährer, als Familienoberhaupt. Hatte er sich überschätzt, schon die ganze Zeit, aber es nur nicht bemerkt?

Er war sich sicher, dass die beiden ihn und Ayla verlassen hatten, und dazu hatten sie das Weihnachtsfest ausgesucht, um ihn für seine Beleidigungen zu bestrafen! Arif glaubte, seine Frau und seinen Sohn nie wiederzusehen, und er spürte einen tiefen Schmerz, weil er auf einmal wusste, dass er sie liebte, alle drei.

Inzwischen war es nach acht Uhr, doch Arifs Hunger war verflogen. »Sie sind weg«, flüsterte er jetzt zu Ayla. »Ich glaube, die beiden sind für immer weg, und wir sehen sie nie wieder.«

Mitleid erfasste Aylas Herz, als sie ihren Vater so dasitzen sah, als Häuflein Elend. Er war ein Mann, der seine Stärke von seiner Frau und seinen Kindern bezogen hatte, ohne es zu merken. Jetzt, wo sie weg waren, spürte er, wie ihm seine Energie abhandengekommen war. Ein Herrscher ohne Königreich, dachte sie. Doch plötzlich hatte sie eine Eingebung: Die Wohnung in der Altstadt!, schoss es ihr durch den Kopf. Vielleicht hatte sie etwas mit dem Verschwinden von Mama und Umut zu tun? Ayla war der festen Überzeugung, dass dort Umuts Freundin lebte, seine deutsche Freundin! Waren sie dort und hatten sie vielleicht Mama eingeladen, mit ihnen zusammen Weihnachten zu feiern?

»Ich habe da so eine Idee«, sagte sie leise zu ihrem Vater. »Ich kann natürlich für nichts garantieren, aber ich könnte mir vorstellen, wo sie sind. Wenn sie auch dort nicht sind, dann weiß ich auch nicht weiter …«

Arif sprang auf. »Wo?«, schrie er. »Wo, meinst du, könnten sie sein?«

Rasch erzählte ihm Ayla von ihrer Entdeckung und von ihrer Idee, dass Umut und seine Freundin mit Mama Weihnachten feiern könnten.

»Glaubst du, wir beide könnten da hinfahren?«, fragte Arif. »Ich meine, wir können einfach nur fragen, ob sie da sind, ohne groß das Fest zu stören.«

»Seit wann machst du dir Gedanken, ob du jemanden zu Weihnachten störst?« Die Frage war nicht einmal provokant gestellt, aber sie erzielte trotzdem Wirkung.

»Außerdem weiß ich nicht einmal, in welcher Wohnung diese Freundin lebt. Ich habe ja nur Umut von weitem die Haustür aufschließen sehen!«

»Wir fahren trotzdem hin, das ist die letzte Hoffnung, die beiden heute Abend wiederzufinden.«

Arif und Ayla fuhren durch die menschenleere Innenstadt.

»Wie machen wir das jetzt?«, fragte Arif. »Wo klingeln wir denn, und vor allem, was sagen wir diesen wildfremden Leuten, wenn sich deine Mutter und Umut nicht dort befinden sollten?«

»Keine Ahnung, darüber denken wir nach, wenn wir da sind!«

Ayla versuchte cool zu wirken, aber ihr war das Herz genauso schwer. Es hatte sich nicht gelohnt, sich all die Jahre zu verstellen und dem Vater nach dem Mund zu reden. Er war gar nicht der starke Mann, vor dem sie sich hätte fürchten müssen. Das konnte man doch prima an Umut und der Mama sehen. Die beiden waren einfach abgehauen, als es ihnen zu viel geworden war. Na ja, vielleicht waren sie ja gar nicht abgehauen, vielleicht waren sie ja doch bei Umuts Freundin. Wie dem auch sei, sie waren jedenfalls nicht da, obwohl sie doch viel schwächer waren als sie selbst. Subjektiv gesehen. Mama hatte nicht einmal einen Beruf, und Umut war nur ein Auszubildender. Sie selbst war Studentin, sie bekam Bafög vom Staat, sie war es, die sich zuerst gegen die sinnlose Autorität ihres Vaters hätte auflehnen müssen. Aber sie hatte es nicht gewagt, war irgendwie feige gewesen.

Ayla wusste nicht, ob sie sich über sich selber ärgern oder schämen sollte. Aber eins wusste sie: Ab heute würde sie nichts mehr tun, wovon sie nicht überzeugt war. Jeder Mensch war stark, wenn er sich nur traute, zu sich selber zu stehen. Mama hatte es bewiesen, wahre Stärke hatte nichts mit Geld oder Macht zu tun, sie hatte einfach auf Papas Autorität gepfiffen.

»Wir sind da«, sagte Ayla zu ihrem Vater, »da vorne, das gelbe Haus ist es!«

Arif hielt an, und die beiden stiegen aus. Als sie vor der schweren alten Haustür standen, schauten sie sich an.

»Was machen wir jetzt?«, fragte Arif.

Ayla sah ihren Vater an. Wie hilflos er wirkte, wenn er selber nachdenken musste und nicht das wiederholte, was der Imam ihm vorsagte.

»Was jetzt?«, fragte Arif noch einmal. »Wollen wir

bei allen schellen und alle Menschen, die in diesem Haus leben, stören?«

Heute, an Heiligabend, fügte Ayla in Gedanken hinzu, und dann dachte sie: Du lernst dazu, Vater. Laut sagte sie: »Nein, natürlich nicht, wir schauen zuerst mal auf die Klingel.«

»Sieh mal«, sagte Ayla. »Da, auf der dritten Schelle links, da stehen drei Namen, das scheint eine Wohngemeinschaft zu sein, das sind dann wahrscheinlich junge Leute, und da stören wir am wenigsten, also klingeln wir da zuerst!« Sie drückte auf die Klingel.

Das Klingeln ließ Umut und Hülya zusammenzucken, als ob sie bei etwas Verbotenem erwischt worden wären. Sie schauten sich erschrocken an.

»Wer kommt jetzt noch?«, fragte Hülya vorsichtig. »Könnte das einer deiner Mitbewohner sein?«

»Nein, das glaube ich nicht«, antwortete Umut genauso vorsichtig, »warum sollten sie um die Zeit hierherkommen, außerdem haben sie ja Schlüssel!«

Für einen Moment saßen die beiden ganz still da, aber es klingelte nicht noch einmal.

»Drück doch auf«, sagte jetzt Hülya. Sie war auf einmal ganz ruhig. Sie war hier, mit ihrem Sohn, und es fühlte sich richtig und gut an, also konnte kommen, wer wollte.

Umut stand ganz langsam auf. Es war alles nicht mehr so wie vor dem Läuten, ihm war, als wäre mit diesem Klingeln sein schöner Weihnachtstraum zerplatzt. Ganz mechanisch ging er zur Tür und drückte auf den Türöffner, dabei machte er automatisch die Wohnungstür auf. Das tat er immer, obwohl der Vater ihnen permanent auftrug, die Wohnungstür nicht zu öffnen, denn man wisse nie, welche Elemente vor der Tür stünden.

In der Stille des weitläufigen Treppenhauses hörten Umut und Hülya, wie die Haustür mit einem tiefen Rasseln aufgedrückt wurde. Wer auch immer vor der Tür gestanden hatte, er hatte gewartet.

Arif und Ayla indes hatten die Hoffnung fast aufgegeben. »Offenbar ist keiner aus der WG zu Hause«, hatte Ayla zu Arif gesagt, »soll ich jetzt die nächste Klingel drücken?«

Und da Arif nicht geantwortet hatte und sie sich auch schämte, Heiligabend bei wildfremden Menschen zu läuten, hatte sie erst einmal nichts gemacht. Die beiden standen da und schauten sich ratlos an. Auf einmal sprang die Tür auf. Ohne ein Wort auszutauschen, traten Vater und Tochter ein.

Während sie die Treppe hochstiegen, hatte Ayla das Gefühl, dass sie eine große Dummheit begingen. Was wollten sie den Leuten denn sagen? Sie war drauf und dran, umzukehren und wegzulaufen. Aber dann sah sie ihren Vater, der hinter ihr hertrottete. Sie hatte die Verantwortung für diese Expedition, sie konnten erst dann zurück, wenn sie mit den Leuten gesprochen und sich ordentlich entschuldigt hatten.

Umut stand an der Tür und lauschte auf die Schritte im Treppenhaus. Es waren zwei Paar Füße, gesprochen wurde nicht. Und dann auf einmal standen sich die beiden Geschwister gegenüber; man hätte nicht sagen können, wer überraschter war. Doch die Überraschung währte nur eine Sekunde und machte einem Schreck Platz, denn schon sah Umut auch seinen Vater hinter seiner Schwester stehen.

»Umut!« Arif klang erleichtert. »Ich bin so froh, dass du da bist. Wo ist deine Mutter?«

Hülya hatte längst die Stimmen erkannt und war vorgetreten. Sie fühlte weder Angst noch Aufregung, sie fühlte, dass es Zeit war, sich mit den Gegebenheiten auseinanderzusetzen.

»Hier bin ich, Arif«, sagte sie mit fester Stimme, »hast du mich gesucht? Gut, jetzt hast du mich ja gefunden, und du auch, Ayla. Kommt rein, dann können wir alles besprechen!«

Arif und Ayla traten in die Wohnung, und Umut schloss die Wohnungstür.

»Legt ab«, sagte Hülya, »und setzt euch, dann könnt ihr erzählen, was ihr hier sucht.«

»Ich habe mir solche Sorgen gemacht«, sagte Arif mit trockenem Mund. »Du warst einfach weg, und niemand wusste, wo du warst, und Umut mit dazu. Wir haben überall herumgefragt, aber niemand wusste, wo ihr wart. Ich bin so froh, dass ihr beide gesund und munter vor mir steht!«

»Und wie habt ihr uns gefunden?«

»Ayla hatte euch beide letzte Woche zufällig in der

Stadt gesehen«, sagte Arif und schaute seine Tochter an, damit sie ihn unterstütze.

»Zufällig bin ich euch gefolgt«, gab Ayla zu, »und da sah ich euch in dieses Haus hier gehen, und als ihr heute verschwunden wart, da habe ich mir gedacht, als allerletzte Alternative sozusagen, dass ihr beide hier sein müsstet. Ich entschuldige mich dafür, dass ich euch gefolgt bin, auf der anderen Seite war es ja eine gute Fügung, sonst hätten wir euch nie gefunden!«

»Findest du, dass es eine gute Fügung ist, dass ihr uns gefunden habt?«, fragte Hülya scharf. »Ja, Arif, denke nach, bevor du diese Frage beantwortest, und schau dich hier um. Du siehst schon richtig, dein Sohn hat ein eigenes Zimmer gemietet, er feiert Weihnachten und hat mich eingeladen, und ich habe diese Einladung angenommen, das heißt: Umut und ich feiern gemeinsam Weihnachten, und weißt du was: Ich finde das auch noch schön. Punkt. Jetzt bist du an der Reihe. Jetzt kannst du sagen, was du willst!«

»Du hättest Bescheid sagen können«, erwiderte Arif leise.

»Wozu?«, fauchte Hülya. »Damit du die ewiggleiche Leier von der Missionierung anschlägst und es mir verbietest, meinen Sohn zu besuchen, um mit ihm Weihnachten zu feiern?«

»Nein, nein!« Arif versuchte zu protestieren. »Ich habe mir Sorgen um dich gemacht, weil ich, weil ich dich, weil du mir wichtig bist, und ich dachte, du wärst einfach weggegangen und hättest mich verlassen!«

Arif hatte mehr gesagt als gewohnt, aber es war ihm alles zu viel geworden. Unvermittelt setzte er sich hin und fing an zu weinen. Laut und hemmungslos. Das war nicht der Herr im Haus, der strenggläubige und harte Moscheebesucher. Das war der Ehemann, der geglaubt hatte, seine Frau verloren zu haben, was ihm verdammt viel Angst gemacht hatte, so dass er erst jetzt begriff, was sie ihm bedeutete. Hatte sie ihn nicht all die Jahre ertragen und sich mit einem Schicksal arrangiert, das sie nie haben wollte? Und er? Er hatte sich immer mehr unter den Einfluss von Menschen begeben, die kein Herz hatten für die Wünsche und Schwächen der Menschen! Die nur ihre eigene Wahrheit kannten und sonst nichts.

Und sein Sohn, sein sanfter Sohn. Was war an dem Jungen eigentlich auszusetzen? War er nicht ein ehrlicher, rechtschaffener Kerl, auf den jeder Vater stolz sein konnte? Warum hatte er nur auf andere gehört und nicht auf sein Herz?

Es war, als ob die Angst in Arif ganz neue Saiten zum Schwingen gebracht hätte und die Tränen den Knoten lösten, der sein Herz gefangen hielt. Was war eigentlich wichtig? Wirklich wichtig? Menschen, die einen liebten und zu einem standen. Aber stand seine Frau noch zu ihm? Sie hatte kein Vertrauen mehr in ihn, das spürte er jetzt genau, und er weinte noch mehr.

Arif weinte um das verlorene Vertrauen seiner

Frau, um die verlorene Liebe seines Sohnes, um seine verpfuschten Beziehungen, er weinte um seine verlorenen Jahre, und er weinte um das, was vor ihm lag. Hülya und die Kinder schauten sich ein wenig ratlos an, sie hatten noch nie erlebt, dass Arif weinte, ja, sie hatten in den letzten Jahren kaum noch erlebt, dass er mit ihnen über das Nötigste hinaus sprach.

»Ich wollte doch nur ein guter Muslim sein«, fing er jetzt an, »und ich wollte, dass ihr auch gute Muslims seid, gottesfürchtige Menschen, die vor Gott keine Fehler machen. Mehr wollte ich eigentlich nicht, und da ich mich in unserer Religion nicht wirklich auskannte, habe ich mir halt erzählen lassen, wie es richtig ist. Ich wollte mich und euch für Gott gewinnen, ich wollte euch doch nicht verlieren. Und ich musste euch suchen, weil ihr euch vor mir versteckt hattet. Das ist bitter für mich, dass sich meine Frau und mein Sohn vor mir verstecken! Und jetzt sitzen wir hier in diesem Zimmer, aber ich danke Gott, dass ich euch gefunden habe und wir hier sitzen dürfen.«

Arifs Tränen und seine Rede hatten auch das Herz von Hülya erweicht. »Ich bin nicht weggelaufen«, sagte sie jetzt leise. »Ich war nur so sauer auf dich, weil du alles und jedes schlechtgemacht hast, was uns ein bisschen Freude bereitete. Und als du auch noch die Rohowskys angegriffen hast, diese herzensguten alten Leute, da habe ich gedacht, ich halte es nicht mehr aus.«

»Ich weiß«, erwiderte Arif leise. »Es war nicht in

Ordnung, auch ich habe nie etwas Schlechtes von den Rohowskys erfahren.«

»Und als mich Umut dann fragte, ob ich mit ihm hier feiern wolle«, fuhr Hülya fort, »habe ich sofort zugesagt und mich gefreut, dass mein Junge noch Vertrauen in mich hat. Außerdem – was soll schlecht dran sein, Weihnachten zu feiern?«

»Ich weiß«, wiederholte Arif. »Und meiner Ansicht nach ist es nicht einmal unislamisch, denn im Koran wird die Geburt Jesu genau beschrieben, und es gibt sogar eine extra Sure dafür. Es heißt dort, dass uns ein Prophet geboren werde, und dieser Prophet ist Jesus. Das sagt doch alles! Aber der Imam hat immer etwas anderes erzählt, und ich habe auf den Imam gehört und nicht auf meinen Verstand.«

»Du hast all die Jahre gewusst, dass es nicht unislamisch ist, Weihnachten zu feiern, und du hast es mir trotzdem verboten?« Umut sah ihn empört an.

»Ich weiß«, sagte Arif schon wieder. »Auch das war ein Fehler, und eigentlich war es unislamisch, dich nicht feiern zu lassen. Ja, mehr noch, eigentlich hätte ich mit dir feiern müssen.«

»Wie heißt denn diese Sure?«, fragte jetzt Ayla vorsichtig, der dieser Sinneswandel eindeutig zu schnell ging.

»Die Maryam-Sure«, antwortete Arif. »Es ist die 19. Sure, in der wird ganz viel von Jesus erzählt. Im Koran steht auch, dass Jesus sagt: ›Darum war Frieden auf mir am Tag, da ich geboren wurde.‹ Also steht ja im Prinzip auch im Koran, dass Weihnachten das Fest des Friedens ist.«

»›Hör auf dein Herz und nicht auf den Imam!‹«, sagte Hülya. »Das sagte immer mein Großvater, und er war ein weiser Mann. »Arif«, sagte sie jetzt leiser, »wie war das denn früher, in unserer Stadt in Malatya, haben wir nicht alle friedlich zusammengelebt, Sunniten, Aleviten, Christen? Wir müssten es mindestens genauso gut machen wie unsere Mütter und Väter, doch so, wie es jetzt läuft, können wir ihnen das Wasser nicht reichen. Wir sind rückständiger als sie.«

»Stimmt das, Papa?«, fragte Ayla. »Habt ihr früher in Malatya alle friedlich zusammengelebt? Und auch zusammen gefeiert?«

Arif nickte unmerklich. Was war denn verlorengegangen auf der Reise von Ostanatolien nach Deutschland? Die Toleranz? Die Großzügigkeit? Die Gelassenheit, mit der man die anderen akzeptieren konnte? Warum hatte er sich all die Jahre nicht an seinem Großvater orientiert? Und stattdessen an dem Imam? Vielleicht war das alte Wissen ja nur verschüttet, und er konnte es wieder in sein Bewusstsein holen.

Er schaute Hülya an. »Es wird Zeit, dass wir uns an unsere Traditionen von Toleranz und Nächstenliebe erinnern«, sagte er müde. »Die Alten waren uns in diesen Dingen tatsächlich weit voraus.«

»Heißt das jetzt, dass wir zusammen Weihnachten feiern können?«, fragte Umut, immer noch skeptisch.

»Wenn ihr noch mit mir Weihnachten feiern wollt, dann heißt es das«, sagte Arif und wagte den Versuch, seinen Sohn zu umarmen.

Der drückte seinerseits seinen Vater. »Ach, Papa, ich bin ja so froh, dass Ayla mich und Mama ganz zufällig gesehen und uns bis zur Haustür verfolgt hat. So hat alles sein Gutes.«

Arif schaute jetzt Hülya an. »Gibst du mir noch eine Chance«, fragte er, »wenn ich dir verspreche, in Zukunft nur noch auf mein Herz zu hören?«

»Und was sagt dein Herz?«, fragte sie zurück.

»Dass es euch liebt!«

Umut und Ayla blickten sich an. So etwas hatten sie noch nie von ihrem Vater gehört. »Ist das jetzt ein Weihnachtswunder?«, fragte Umut lachend Ayla.

»Sieht so aus!«, antwortete sie. »Ein muslimisches Weihnachtswunder.«

Ja, liebe Leserinnen und Leser, ich möchte nicht so anmaßend sein, die Worte von Ayla zu wiederholen. War das ein Wunder? Ein Weihnachtswunder? Oder gar ein muslimisches Weihnachtswunder?

Urteilen Sie selbst. Ich weiß nur, dass an diesem Weihnachtsabend die Familie wieder zusammenfand, zu einem Neubeginn unter neuen Vorzeichen. Und es ist gut möglich, dass Weihnachten für sie nach diesem Erlebnis zu einer neuen gemeinsamen Heimat wurde.

JOHN B. KEANE
Whiskey für den Weihnachtsmann
Irische Weihnachtsgeschichten
Aus dem Englischen
von Irmhild und Otto Brandstädter
199 Seiten
ISBN 978-3-7466-2757-1

Irische Weihnachten: voll unverwüstlicher Lebensfreude

In Irland ist manches anders, auch das Weihnachtsfest. Der zweite Feiertag zum Beispiel ist »Zaunkönigstag«: Nach alter Sitte tragen die jungen Leute aus dem Dorf Stechpalmenzweige, die mit Bändern geschmückt sind, an denen Zaunkönige hängen, singend von Haus zu Haus. Sie sammeln milde Gaben für den Zaunkönigstanz und das feuchtfröhliche Gelage, mit denen Weihnachten ausklingt.
Mit sanfter Ironie schildert John B. Keane irische Weihnachtsbräuche und allerlei Aberglauben. Wundersame Charaktere abseits der Großstadt und liebenswerte Einzelgänger in der Abgeschiedenheit weiter Torfmoore bevölkern seine skurrilen Geschichten, die sich mit oder ohne Whiskey gleichermaßen zum Lesen und Vorlesen eignen.

»Alle keine Weihnachtsengel, aber alle liebenswert.«
LÜDENSCHEIDER NACHRICHTEN

»Wie Legenden zu lesen und doch so herrlich realistisch.«
OSTTHÜRINGER ZEITUNG

Mehr Informationen erhalten Sie unter www.aufbau-verlag.de oder in Ihrer Buchhandlung

atb aufbau taschenbuch